Allitera Verlag

I0673653

edition monacensia
Herausgeber: Monacensia
Literaturarchiv und Bibliothek
Dr. Elisabeth Tworek

Alle bisher von Oskar Maria Graf in der *edition monacensia*
erschienenen Bände:

»Die Chronik von Flechting« (2009)
»Gelächter von außen« (2009)
»Zur freundlichen Erinnerung« (2009)
»Bayerisches Lesebücherl« (2009)
»Wunderbare Menschen« (2010)
»Finsternis« (2010)
»Notizbuch des Provinzschriftstellers Oskar Maria Graf 1932« (2011)
»Dorfbanditen« (2011)
»Der harte Handel« (2012)
»Im Winkel des Lebens« (2013)
»Einer gegen alle« (2014)

Oskar Maria Graf

Zur freundlichen Erinnerung

Acht Erzählungen

Text der Erstausgabe von 1922

Mit einem Nachwort von Ulrich Dittmann

Allitera Verlag

Weitere Informationen über den Verlag und sein Programm unter:
www.allitera.de

Bibliografische Information der Deutschen Nationalbibliothek

Die Deutsche Nationalbibliothek verzeichnet diese Publikation
in der Deutschen Nationalbibliografie;
detaillierte bibliografische Daten sind im Internet
über http://dnb.d-nb.de abrufbar.

Februar 2009
Allitera Verlag
Ein Verlag der Buch&media GmbH, München
Copyright © by Ullstein Buchverlage GmbH, Berlin
1922 erschienen im Malik-Verlag, Berlin
© 2009 für diese Ausgabe: Landeshauptstadt München/Kulturreferat
Münchner Stadtbibliothek
Monacensia Literaturarchiv und Bibliothek
Leitung: Dr. Elisabeth Tworek
und Buch&media GmbH, München
Umschlaggestaltung: Kay Fretwurst, Freienbrink
Herstellung: Books on Demand GmbH, Norderstedt
Printed in Germany · ISBN 978-3-86906-004-0

Inhalt

Zwölf Jahre Zuchthaus

I.

Weit hatte es der Schlosser Peter Windel im Laufe einer beinahe zwanzigjährigen Arbeitszeit bei der Motorenfabrik Jank gebracht. Als blutjunger Geselle trat er damals in den Dienst und heute war er erster Werkmeister. Seine stumpfe, schweigende Energie, sein fanatischer Lerneifer und seine fast pedantische, aber keineswegs devote Pünktlichkeit hatten ihm Respekt und Achtung verschafft, bei den Arbeitern sowohl, wie bei den Vorgesetzten. Beliebt war er nicht, aber es war keiner in der ganzen Fabrik, der auf ein einmal gesprochenes Wort von Windel nichts gab. Es dauerte allerdings lange, bis er mehr als das Allernotwendigste sprach. Verschlossen, wortkarg und mit jener stoischen Strenge im Gesicht, die schon nahe an der Grenze des Mißmuts steht – so kannte man ihn seit Jahr und Tag. Noch dazu war er keineswegs eine Erscheinung. Von Gestalt klein und nicht gerade kräftig, etwas vornübergebeugt, mit langem Hals, auf dem ein unförmiger, zu großer Kopf mit borstigen, kurzen, schon etwas angegrauten Haaren und weitwegstehenden Ohren saß. Das lederne, scharfe Gesicht machte einen überreizten Eindruck. Die tiefliegenden, unruhigen Augen waren von vielen blutunterlaufenen Äderchen durchzogen. Aus dem schroffen Tal der Backen hob sich die plumpe, unregelmäßige Nase wie ein spitzer Hügel. Griesgrämig griff die massige, verfaltete Stirne von einer Schläfenbucht zur andern.

Das Merkwürdigste an diesem Antlitz aber war der untere Teil. Er schien fast von einem anderen Menschen zu sein, hatte etwas so Hilfloses und Schüchternes, daß man den Eindruck des Mädchenhaften nicht losbrachte, wenn nicht hin und wieder der geöffnete kleine, aufgeworfene Mund die eingerissenen, stark mitgenommenen Zähne gezeigt hätte. Kam noch hinzu ein ungewöhnlich kurzes, fast in den Hals gefallenes und nur durch einen ganz kleinen Ballen angedeutetes Kinn, aus dem ein spröder Knebelbart spritzte wie eine Rettung.

Sonst hätte man buchstäblich der Meinung sein können, nach dem Hals ginge der Mund an.

Man sagt im allgemeinen, Pedanten, die ihr Dasein fast abgezirkelt genau ableben, hätten ein sorgfältig gepflegtes Erinnerungsvermögen und vergäßen die kleinste Kleinigkeit oft jahrelang nicht.

Peter Windel hatte keine Erinnerung.

Schließlich, daß man irgendwie zur Welt kommt, aufwächst und allmählich auf einen Namen hört, dann, in der Schule, noch auf einen zweiten; in die Lehre kommt, etliche Stellen wechselt; daß es einem schlecht oder besser geht, daß man auf einem Gottesacker unter anderen Leuten um ein Grab steht und den Kies auf den Sarg einer toten Mutter oder eines verstorbenen Vaters, eines Bruders oder einer Schwester fallen hört und endlich Hinterlassenschaftspapiere, Notariatszimmer und Pfandbriefe zu sehen bekommt, – das erlebt so ziemlich jeder Mensch auf die eine oder andere Weise.

Ein schepperndes Weckerläuten. Es ist noch tiefste Nacht draußen, die Fenster sind gefroren und hoch herauf verschneit, man hört auf den weiten, überschneiten Straßen nur seine eigenen Schritte knirschen. Aus Schnee und Dunkelheit kommt langsam eine flimmernde Straßenbahn, dann hinter einer gelben Fensterscheibe ein verschlafenes, ärgerliches Pförtnergesicht, über einen Hof viele, dumpftrommelnde Schritte und ineinanderschwimmende Laute, endlich einen glatten Hebel in der Hand, – herumgezogen – und ratsch! ein ganzer Hauskoloß surrt bebend auf, die Riemen klatschen, ächzen, es hämmert, feilt, quietscht, kracht, klingt, braust – das wußte Peter Windel seit ewiger Zeit. Zwischendurch freilich auch Sommertage. Ein offenes Fenster, Kühle und Dämmerung und etliche schüchterne Vogeltriller beim Erwachen. Das meiste der zwanzig Jahre –: Nächte über technischen Büchern, Sonntagnachmittage über dem Zeichenblock und manchmal ein Zählen des ersparten Geldes. Öfters als wünschenswert Streitigkeiten, Zänkereien mit der halbtauben, beschränkten Logisfrau können noch hinzugezählt werden. Das war alles. Peter Windel hatte keine Erinnerung. Er kannte nur Interessen.

Wenn nicht –

Und hier beginnt diese Geschichte.

II.

»Sie sind eine Sau! Vier Wochen kein frisches Handtuch, zwei Monate keine Bettwäsche gewechselt! Wenn das nicht aufhört, ziehe ich!« schrie Peter Windel an einem Sonntag seine Logisfrau an.

Wie immer. Das Weib blieb stehen, glotzte ihn an, verzog das Gesicht zu einer weinerlichen Grimasse und winselte ein paar unverständliche Worte heraus. Und weinte erst leise, dann immer unerträglicher.

Das Fenster stand offen. Es war Sommer. Klar fiel die Sonne in den Hof. Windel riß die Schranktüre auf, nahm seinen Regenmantel, schob die Frau beiseite und ging.

Vierzig Mark für ein Zimmer ist nicht viel und die Frau schnüffelte nicht, war uralt, hockte den ganzen Tag in der dumpfen Küche und lispelte Gebete. Unreinlich war sie nur von Zeit zu Zeit. Man mußte sie dann grob anschreien. –

Auf der Treppe fiel Peter ein, daß er »Die Elektrizität als Nutzkraft« vergessen hatte. Er drehte sich rasch um und ging zurück. Immer noch stand das Weib in der Zimmermitte, fast unbeweglich und wimmerte. Einen Augenblick maß sie Peter verärgert. Dann stampfte er mit dem Fuß auf den Boden.

»Herrgott nochmal!« stieß er heraus, warf seinen Mantel hin, riß die Bettlaken herunter, zog in aller Eile Decke und Kopfkissen ab und warf die ganze Wäsche der Frau vor die Füße, samt dem schmutzigen Handtuch. »Gehn Sie doch in die Küche mit Ihrem Lamentieren und legen Sie mir die Bettwäsche dann herein, ich mach's mir selber!« sagte er noch, nahm vom Nachtkasten das vergessene Buch und schmiß wütend die Türe zu.

»Meine Lies'... heut wird's das zweite Jahr!« wimmerte die Frau noch. Und fiel wieder in ihr wimmerndes Weinen. –

Als Peter Windel tief in der Abendstunde nach Hause kam, lag sie quer auf dem Zimmerboden, den Kopf auf die Waschtischkante geschlagen, eine ziemlich große Wunde auf der Stirn – reglos, steif.

Eine kleine Lache geronnenes Blut umgab den Kopf. Die Tote mußte sich in den hingeworfenen Bettüchern mit den Füßen verwickelt haben und dann hingefallen sein.

Peter Windel stand und stand. Er fühlte das Brennen des angesteckten Streichholzes nicht auf den Fingern. Erst als es wieder dunkel war, zuckte er ein wenig, steckte schnell ein neues an und ließ es wieder verglimmen. Stand und stand.

Plötzlich gab er sich einen Ruck und lief wie ein Irrer davon, ließ die Türen offen, polterte die Treppen hinunter, rannte hastig und totenbleich an Leuten vorbei und meldete das Geschehen auf der Polizeiwache. Als er mit zwei Schutzleuten und dem Polizeiarzt zurückkam, waren schon Leute aus den Türen gekommen und musterten ihn, trippelten nach und blieben an der Eingangstüre stehen mit gereckten Hälsen, brummten, lispelten.

Der eine der Schutzleute schloß endlich die Türe. Man machte Licht in Peters Zimmer, schaute eine Zeitlang auf die Tote, nahm die zwei oder drei schwarzen, verkohlten Streichholzköpfe auf ein Papier und sagte zu Windel, der säulenstarr dastand: »Setzen Sie sich.«

Der Arzt beugte sich über die Tote, ein Schutzmann prüfte die Waschtischkante. Der Arzt nickte.

»Setzen Sie sich!« sagte ein Schutzmann strenger.

Peter brach endlich in einen Stuhl.

Die drei lispelten in der Ecke.

Der Arzt steckte seine Instrumente ein, hustete und stellte sich neben die Tote.

Ein Schutzmann nahm neben Peter Platz, einer blieb an dessen Seite stehen.

»Wann haben Sie die Frau verlassen?« fragte der Schutzmann und notierte.

Fragte weiter, mit einer gewissen hämischen Herausforderung:
»Haben Sie Beziehungen zu der Hullinger gehabt?«

»Nein.«

»Wie lange wohnen Sie hier?«

»Und haben schon öfters solche Streitigkeiten mit der Hullinger gehabt?«

»Ja,« sagte Peter.

»Und diesmal?«

»Weil sie mir schon vier Wochen keine frische Bettwäsche mehr gab.«

»Sie waren also grob zu ihr?«

»Ja.«

Und noch, was er Gehalt hätte, was er bezahlen müsse für Logis, ob die Hullinger vielleicht eine größere Hinterlassenschaft in bar irgendwo aufbewahrt, beziehungsweise ob ihm bekannt wäre, in welchen Verhältnissen die Hullinger gelebt habe.

Peter antwortete meistens mit Ja oder Nein. Seine Stimme klang zerbrochen und schwer.

»Dann muß ich im Hotel schlafen ... Herr Schutzmann ... wenn die Leiche hier liegenbleiben muß,« sagte er endlich hilflos. Er hatte diese Anordnung vom Arzt gehört.

Da stand der Schutzmann selbstbewußt auf, sagte: »Sie kommen mit!« – Alle Menschen waren noch auf dem dunklen Hof, und entsetzte Blicke fielen auf die Davongehenden.

III.

Wegen dringenden Verdachts, seine Logisfrau ermordet zu haben, wurde Peter Windel in Untersuchungshaft genommen und in einer Einzelzelle untergebracht. Vier hohe, glatte, mit kahler, graugrüner Ölfarbe gestrichene Wände umgaben ihn von nun ab. Unter der Lichtluke stand die hölzerne Pritsche, daneben der Abort. Auf dessen Deckel konnte man bei den Mahlzeiten den Eßnapf oder die blecherne Wasserkanne stellen.

Die erste Nacht lehnte Peter schlaflos an der kalten Tür. Als die Wärter in der Frühe aufschlossen, mußten sie fest drücken, bis seine steife Gestalt nachgab und endlich, als sie wütend fluchten, mechanisch etliche Schritte in den Raum machte. Während die Wärter die Brotration auf die Pritsche legten und den Kaffee in die blecherne Tasse gossen, stand der Gefangene die ganze Zeit unbeweglich und zusammengeschrumpft da. Sie achteten nicht weiter darauf und schlossen geräuschvoll wieder die Tür. –

Jetzt war Licht. Die Gefängnisuhr schlug sieben. Peter schaute schüchtern im Raum herum und begann zu gehen. Ging stoisch die Wände lang. Immer zehn Schritte der Länge nach und zwölf Schritte der Breite nach. Den ganzen Tag, ohne innezuhalten, wenn man Essen oder Abendbrot brachte. –

Erst als das Licht beim Hereinbruch der zweiten Nacht verlosch, legte er sich auf die Pritsche, zog die rauhe Decke über sich und schlief wie immer. Jäh erwachte er in der anderen Frühe. Es war stockdunkel. Er griff in die Gegend des Abortes, als suche er etwas oder wolle Licht anstecken und stieß dabei so hastig an die Wand der Wasserkanne, daß dieselbe mit einem Knall auf den Boden fiel und klatschend die Flüssigkeit aus ihr peitschte. Erschreckt schwang sich Peter von der Pritsche, hielt seine aufgeknöpften Kleider raffend zusammen und lauschte aufmerksam. –

Jetzt schlug es fünf. Er atmete auf und begann unsicher und vorsichtig umherzutasten. Auf einmal fühlte er die Nässe an seinen Füßen.

»Herrgott! Herrgott!« brummte er mürrisch und besann sich. Aber in diesem Augenblick räkelte wer an der Tür. Ein Atmen wurde vernehmbar, das Licht in der hohen Decke flammte auf und wieder standen die kahlen Mauern ringsherum, das kleine Loch glotzte in den totenstillen Raum.

»Was machen Sie denn da?!... Sind Sie ruhig!« brüllte der Wärter draußen ärgerlich. Peters Finger streckten sich und ließen von den Kleidern. Seine Hose fiel langsam herab. Ein Zittern schüttelte seinen ganzen Körper.

»Es ist schon fünf Uhr vorbei, ich muß weg!« hauchte er gedämpft. – Aber es war schon wieder dunkel. Und still. –

Erst nach einer Weile brachte Peter die Kraft auf, seine Hose hochzuziehen, und tastete sich zur Pritsche, legte sich darauf. Sein Herz schlug hörbar und mit jedem Uhrenschlag erregter. Um sechs Uhr schwang er sich empor und blieb dann hölzern sitzen.

Das Licht griff endlich wieder von der hohen Decke in den Raum. Die Tür öffnete sich unter dem Knarren der Schlüssel. Ein Wärter stellte das Frühstück herein und der andere an der Tür warf den Aufwischlumpen her und beide brummten und schimpften wegen des Wasserumschüttens, hießen Peter aufwischen. Fast froh darüber ergriff dieser den Lappen, kniete hin und wollte alles möglichst in die Länge ziehen. Aber die Wärter zeterten und trieben zur Eile.

»Vorwärts! Vorwärts! Glauben Sie, wir sind zu Ihrer Unterhaltung da! ... Marsch! Marsch! ... So ... fertig!«

Sie rissen ihm den Lumpen aus der Hand und waren schon draußen. Wieder wich die Tür in die Wand zurück. Die Schlüssel knirschten. Das Guckloch starrte wie ein gräßliches, ausgestochenes Auge in den kahlen Raum.

Peter kniete benommen da. Lange.

Es war still! Still!!

Fürchterlich still!

Wie ein aufgescheuchtes Tier hob der Kniende plötzlich den Kopf, schaute scheu um sich und sprang mit einem Satz an den Abort, hob den Deckel und schloß ihn hastig wieder, hob und schloß.

Die Spülung rauschte. Auf und zu klappte der Deckel. Es krachte, rauschte. Immer hastiger, schneller, motorisch riß Peter auf und zu, auf und zu, immerfort, immerzu, nur um die Stille nicht mehr zu hören, hob und deckte zu, es rauschte, rauschte – bis der Wärter schrie: »Sie!! ... Sie! Sind Sie verrückt geworden!! – Passen Sie auf! ... Man ist schon mit anderen fertig geworden! ... Warten Sie, Sie!!«

So erschrocken war Peter, daß er noch lange zitterte, dann ging er hastig wieder die zehn und die zwölf Schritte. Den ganzen Tag. –

Viele, viele Tage, jedesmal um fünf Uhr früh, erwachte Peter so jäh. Immer griff er hinüber zum Abortdeckel, wollte Licht anstecken, sprang auf, brachte seine Kleider in Ordnung, – machte etliche Schritte, stieß an die kalte Tür und prallte zurück.

Neunzehnunddreiviertel Jahre gleichmäßiges Aufstehen lassen sich schließlich nicht aus der Gewohnheit auslöschen.

Um sechs Uhr pfiff es. Wenn er am Hebel stand und ihn herumriß, fing der mächtige Koloß der Fabrik zu surren an, die Riemen klatschten, quietschten, es krachte, bebte, hämmerte ...

Peter war so mit dem Kopf an die Tür gestoßen, daß er taumelnd zurückfiel, glatt auf den Boden und liegenblieb. –

Wo!? Wo war man denn? Wo denn! Wo!!?

Auf der Welt? In der Hölle? Tief in, der Erde? –

Es war still!

Nirgends war man! Nirgends! Gar nirgends!

In einem Grab, in einem luftleeren, steinernen Sarg! In einer fressenden Stille! Und durfte langsam, ganz langsam sterben. Niemand wußte, sah und hörte etwas. Es war still! Still!! – Still!!!

Doch – man hörte etwas, zeitweilig ein ganz fernes Klopfen, ein Kratzen in den Wänden. Aus einer anderen Gruft vielleicht?! – Nein! Es waren Holz- oder Mauerwürmer, die nagten, nagten, weil sie einen Kadaver witterten. –

Die dann herabfielen wie Tropfen und langsam in den Leib bohrten, – nagten, nagten und alles auffraßen! –

Das Licht kam wieder. Peter Windel stand auf, ging zehn und zwölf Schritte. Er aß jetzt auch. –

IV.

Endlich nach fünfzehn Wochen Haft fand die Verhandlung gegen Peter statt.

Stupid folgte der Gefangene den Wärtern durch lange Gänge, dann fühlte er Luft und bekam Angst, atmete sparsam.

Und dann saß er in einem Saal, sah Gestalten, sah starre Augen und hörte Redegeräusche um sich herum und aus sich heraus.

Zuerst saß er da wie eine leblose Puppe. Dann, mit jedem gehörten Wort, kam mehr und mehr das Leben in ihn. Sein Gesicht bewegte sich, als öffne es sich aus einer Erstarrung – und dann lag ein Lächeln die ganze Zeit auf seinen stoppeligen Falten und blieb. –

Die Dienstmagd vom Vorderhaus sagte aus. Einfach klangen ihre Worte. Sie sprach nicht zu viel und nicht zu wenig.

Das Geräusch der Worte war erst undeutlich, dann wurde es klarer und klang. –

Am fraglichen Sonntag nachmittags zwei Uhr vernahm diese Dienstmagd ein Wimmern aus dem offenen Fenster des Windelschen Zimmers. Dem folgte ein grobes, kurzes Schimpfen. Dann sah sie den Angeklagten auf der Treppe, wie er plötzlich innehielt und wieder umkehrte. Und wieder hörte sie das Wimmern, noch deutlicher sogar und ein wütendes Schimpfen, dann einen Türzuschlag und Windel mit grimmigem Gesicht die Treppe hinunterrennen.

Wie ruhig sie das sagte: »Und dann, gleich darauf, habe ich einen dumpfen Knall und einen kurzen, nicht recht lauten Schrei, der eher ein Stöhnen war, gehört und das Wimmern hat auf einmal aufgehört. Ich weiß nicht mehr genau, war's gleich nach dem Türzuschlagen oder ein wenig später. Ich bin dann zu meiner Schwester gegangen, weil ich Ausgang hatte ... Die Leute im Vorderhaus und im Hinterhaus? ... Ja ... soviel ich gesehen habe, die waren fast alle weggegangen ... schon mittags ... Es war ja auch so schönes Wetter.«

Peter Windel saß da und lauschte. Es klang! –

Er begann auf einmal langsam – dann aber stoßweise zu schluchzen. Eine Bewegung kam in den Saal. Eine Glocke läutete. Lauter rief wer! Ja! – Ja! Das konnte der Vesperruf in der großen Halle sein! Das war dasselbe, dünne, schrille Läuten. –

Dann klangen wieder Stimmen hin und her.

Der Chef, die Arbeiter und Angestellten und die frühere Logisfrau sagten günstig über den Angeklagten aus. Die letztere weinte sogar buchstäblich und sprach erregt, daß der Staatsanwalt sich verpflichtet fühlte, sie zu fragen, wie lange Windel sie kenne, ob er sie zuletzt noch aufgesucht und ob sie zu ihm in näherer Beziehung gestanden habe. Die dicke Frau wurde darob sehr schrill, schrie und es läutete abermals. Peter Windel war wieder ruhig geworden und lächelte wieder. –

Lächelte, trotz der furchtbaren Anklagerede des Staatsanwalts, lächelte starr in den Raum, als der Rechtsanwalt redete und redete. – Man fand keine Absicht in dieser Tat. Die Beweise waren zu mangelhaft. Der Angeklagte war ein unbescholtener Mensch. Bis in die Schulzeit hatten die eifrigen Nachforschungen der Behörden zurückgegriffen, nichts ließ auf einen jähzornigen, böswilligen Menschen schließen, sondern eher auf einen schüchternen, scheuen, dem das Leben stark mitgespielt hatte. –

»Alles, was die tote Frau Hullinger hinterlassen hat, fand man unberührt. Sie haben ein Zeugnis aus der weitaus überwiegenden Mehrzahl der Aussagenden, daß der Angeklagte nie zu einer solchen Tat fähig sei. Wie kann man annehmen, daß ein solcher Mensch wegen einer geringfügigen Unreinlichkeit einfach eine alte Frau dermaßen an den Waschtisch wirft, daß sie augenblicklich tot ist!« rief der Verteidiger. Und viele nickten. Man hörte deutlich ein Aufatmen, als der Freispruch bekanntgegeben wurde und sah aufgeheiterte, fast erlöste Gesichter. –

Peter Windel war frei.

»Kommen Sie nur gleich wieder!« hatte sein Chef gesagt, als er ihm beim Weggehen die Hand drückte. Und der Rechtsanwalt hatte einen Blick wie ungefähr: »Na, das hätten wir wieder durchgedrückt!«

Nach fünfzehn Wochen spürten Peters zögernde Schritte wieder Straßen, hörten seine Ohren Trambahnrattern, sahen seine Augen Menschen, Farben, Fenster, und er wußte selber nicht, wie und weshalb er plötzlich an einen Schalter herantrat und sagte: »Dritter Klasse! Ja!«

Er stieg auf den Zug und ging nicht in die Kupees. Eine Nacht lang stand er auf dem eisernen, ratternden Vorplatz eines Wagens und atmete. –

Der Wind pfiff. Der Zug sauste, riß die Luft auseinander, zog vorbeifliegende Lichter in die Länge, bohrte hemmungslos in eine dunkle, ungewisse Ferne.

Keine Wand mehr, keine zehn und zwölf Schritte, kein Ende – das Toben und Brausen wieder! Nur diesmal wie ein Flug durch einen unermeßlichen Raum. –

V.

Aber – es ist nicht wahr! Man kann nichts wegtrinken, nichts vergessen machen, nichts auslöschen! Man trägt es mit sich wie ein unsichtbares Schneckenhaus und zuletzt!? –

Es sind immer wieder die kahlen, glatten Mauern, die Tür mit dem ausgestochenen Aug' in der Mitte, die zehn und zwölf Schritte ...

Es klopft. –

Es kratzt in den Wänden. Die Würmer nagen. Sie warten und fallen plötzlich in einer Nacht wie schwere Tropfen herab, bohren sich ins Fleisch, nagen – nagen. –

Peter Windel hatte eine wilde Flucht hinter sich. Durch Städte und Dörfer war er gefahren, in Hotels und in Wirtschaften, in Animierkneipen oder am Leib eines Weibes hatte er die Nächte verbracht. Er trank, warf das Geld weg, aß, saß in den Theatern und den Kinos, in den Bars und Vergnügungslokalen jeder Klasse.

Es war immer wieder die Stille, das Stockdunkle, das Grab! –

Er floh und kehrte endlich wieder zurück zu Jank, nahm die Arbeit wieder auf und wurde ruhiger. Es trat die alte Regelmäßigkeit in sein Leben. Ereignislos verliefen die Jahre. Er wurde alt. Gebückt ging er. Der Chef nahm ihn in die Abteilung für technische Angelegenheiten ins Bureau. Da saß er nun jeden Tag auf seinem Drehstuhl und rechnete, schlug das Buch zu, kam am andern Tag wieder und rechnete.

Neben ihm saß das Schreibmaschinenfräulein, weiter am Fenster vorne der Ingenieur und manchmal auch der Chef.

Jahre. –

Plötzlich an einem Nachmittag gegen drei Uhr warf Peter Windel die Feder weg, riß sich fast soldatisch herum, ging an den Schreibtisch des Ingenieurs und sagte mit hohler, kalter Stimme: »Die Sache liegt vollkommen glatt. Für den Verlust mache ich Sie keinesfalls haftbar.«

Steif stand er einen Augenblick vor dem verblüfften Herrn und drehte sich rasch um, rannte zur Tür und war weg.

Schon nach der Mittagspause hatte er sich den Hut unter den

Schreibtisch gelegt. Und jetzt war er froh, daß kein ihm bekannter Straßenbahner den Wagen führte, in den er stieg.

Nach der fünften Haltestelle stieg er aus. Er war mitten in der Stadt. »Das Urteil im Heinold-Prozeß! Zwölf Jahre Zuchthaus!« schrien die Zeitungsverkäufer und flatterten mit den Extrablättern herum. Wichtige, gesprächige Gesichter tauchten auf, gedrängte Gruppen stauten sich um die Anschlagssäulen.

Peter bohrte seine Augen spähend in die staubige Luft. Nach einem regen Ausschreiten blieb er auf einmal stehen, murmelte etliche Worte heraus, drehte sich mechanisch herum und ging in den Blumenladen, vor dem er jetzt stand. Nach einer langen Weile kam er mit einem großen, auffallend schönen Rosenstrauß heraus, und ein kaltes Lächeln lag auf seinen störrischen Zügen.

»Lebenslänglich in einem Grab ... da schon lieber gleich weg,« hatte er gestern beim Treppenhinaufgehen gehört, und dann sagte eine andere Frau superklug: »Beantragt erst. Es hängt noch vom Gericht ab.«

Heute war niemand im Treppenhaus. Auch die Wohnung war leer. Die Logisfrau war wahrscheinlich zum Putzen gegangen und ihr Mann kam erst gegen sieben Uhr abends von der Arbeit.

Peter öffnete rasch und schritt behend in sein Zimmer, legte behutsam den Rosenstrauß auf den Tisch und holte sich in der Küche warmes Wasser zum Rasieren. –

Als er bereits im Gehrock vor dem Spiegel stand, überfiel ihn auf einmal ein maßloses Zittern, und eine Totenblässe überzog sein Gesicht. Mit Gewalt straffte er seine Füße. Dann nahm er endlich den Strauß und verließ die Wohnung.

Es war schon dunkel, als er vor der Tür des Staatsanwalts Petersen stand und läutete.

»Ich möchte gern ... wenn es erlaubt ist ... dem Herrn Staatsanwalt diese Blumen bringen ... und – und gratulieren,« stotterte er dem Mädchen ins Gesicht. Das ließ ihn ein und führte ihn in ein Empfangszimmer. Nach ganz kurzer Zeit tat sich die Mitteltür auf, und Peter stand vor dem Staatsanwalt. Einen Augenblick hatte der Mann eine steinern ernste Miene, dann flossen alle Falten in ein Wohlwollen und er lächelte geschmeichelt.

Mit vielen unbeholfenen Verbeugungen reichte ihm Peter den Rosenstrauß und stotterte devot: »Für ... für den außerordentlichen Eindruck, den ich von Ihrer Anklagerede empfing ... nur eine kleine Erkenntlichkeit meiner Wenigkeit, Herr ... Herr Staatsanwalt, Herr ...!«

Der Staatsanwalt nahm ihm mit aller Freundlichkeit der Herablassung den Strauß aus der Hand, führte ihn an die Nase und sog in vollen Zügen den Duft ein, hob den Kopf wieder, sagte: »Ah ...!« und drehte sich lächelnd um, zur anderen Tür schreitend: »Das muß ich gleich meiner Frau sagen ... «

Jetzt, da er ihm den Rücken zugewendet hatte, rief Peter plötzlich mit schneidender Hast: »Eins, zwei, drei! ... einen Augenblick ...« und er lächelte, wie um sich zu besinnen ... »sind drei ... aber nein, nein! Das stimmt nicht! ... Zehn und zwölf, verstehn Sie ... sind?«

Der Staatsanwalt hatte sich erschreckt umgedreht, stand unschlüssig. Peters Mund bewegte sich fieberhaft. Schaum stand auf seinen Lippen: »Verstehn Sie ... zehn und zwölf Schritte! Den ganzen Tag! Den ganzen Monat – ein Jahr – zwei! – drei! – vier – zwölf Jahre! Zwölf Jahre!!«

Und noch ehe der Staatsanwalt auf ihn zustürzen konnte, stieß ihm Peter mit aller Wucht sein feststehendes Messer in die Brust, daß er lautlos zusammenbrach und vornüber hinfiel. Dumpf hallte es. Der Körper warf sich etliche Male zuckend und blieb dann steif liegen.

Peters Mund ging auf und zu: »Zehn und zwölf Schritte – einen Tag, einen Monat – ein Jahr – zwölf Jahre, zwölf – –«

Die Tür ging auf. Hoch stand ihr Dunkel. Etwas Buntes, Weißes flimmerte dazwischen! Peter schrie in einem Schrei:

»Für den Verlust mache ich Sie keinesfalls haftbar, – Zwölf Jahre Grab! Verstehn Sie ... Das ausgestochene Aug'! Die Würmer! Zwölf Jahre ... Verstehn Sie! Zwölf Jahre Nirgends! Nicht Hölle! Nicht Welt! Zehn und zwölf Schritte ... die Wü–ü–ürmer!« ...

Nach der irren Hast der ersten Worte spaltete sich die Stimme, überschlug sich und klang zuletzt wie ein keuchendes, ersticktes Stöhnen, Jetzt hielt er inne.

Die hohen Türen standen offen da. Schwarz und düster. Gegen ihn gerichtet wie drohende Rachen.

Die Gestalten und Gesichter waren fort. Es war still. Still! – Mit weit aufgerissenen Augen starrte Peter in diese Leere. Sein Körper begann zu schlottern, aber er riß sich zusammen. Er wich zurück. Sein Kopf stieß dumpf an den Fenstergriff. Erschrocken wandte er sich herum. Die Helle brach über ihn. Er öffnete rasch.

Jetzt befiel ihn wieder das Zittern. Sein Gesicht verzerrte sich. Er wollte umsehen und wagte es nicht. Seine Arme umklammerten das Fensterkreuz.

Furchtbar schrie er: »Hilfe! Hi–ilfe!«

Er schwang sich plötzlich mit einem wilden Satz aufs Fenster und sprang in die Tiefe. –

Sinnlose Begebenheit

Um es ohne Umschweife zu sagen –: Michel Zöll hatte heute einen guten Tag.

Vorgestern, als er stumpfsinnig in der Wärmestube der Arbeitsvermittlung saß und an dem nassen, verfilzten Zigarrenstummel saugte, den er auf dem Hergang in der Frühe gefunden hatte, kam sein Weib herein und sagte zu ihm: »Dein Alter ist gestorben ... Vom Elektrizitätswerk haben sie hergeschickt, daß er auf der Straße umgefallen ist. – Schau nach!«

Es stimmte.

Jetzt lag der Tote unter der Erde.

»Ich komm schon! – Nachher!« sagte Michel zu seinem Weib nach dem Begräbnis und schickte es heim, während er zur Logisfrau des Verstorbenen ging. –

Wie oft hatte Michel es nicht gehört, wenn Fußtritte auf ihn traten, wenn er in eine Ecke flog, wenn die Fäuste seines Vaters auf seinen Kopf niedersausten oder eine Eisenstange, ein Teller, eine Bürste: »Knochen, verstockter! – Der Teufel soll mich kreuzweis' holen, wenn ich dir einen Pfennig hinterlaß'! Ertränkt sollte man dich im ersten Bad haben, du Nichtsnutz!«

Mit sechzehn Jahren noch, als Michel schon im letzten Lehrjahr stand und eigentlich keine Last mehr war, wollte der Alte den Jungen wegräumen und übergoß ihn beim Heimkommen mit siedendem Kartoffelwasser, weil er das Vogelfutter für den Kanarienvogel mitzubringen vergessen hatte.

Michel mußte damals ins Krankenhaus gebracht werden und sah zum erstenmal, wie ein Bett aussah. Es war schön in diesen hellen Räumen. Man sah viele fremde Menschen, die allerhand erzählten. Michel faßte Mut da und ging nach seiner Entlassung mit dem was er auf dem Leibe trug, auf die Wanderschaft, schlug sich auf alle mögliche Art und Weise durchs Leben.

Mutter –?! Ein komischer Begriff!

Michel hatte noch so etwas wie eine abgemagerte Frau in einem Haufen Lumpen im Gedächtnis. Ein Paar spindeldürre Arme wie Stöcke. Und Hüsteln.

Und das, was er nun seit ungefähr zwei Jahren unausgesetzt ablebte: Eben ein Zimmer voll Gerümpel, mit erstickender Luft und einem Vogelbauer im staubigen Fenster.

Nur – daß Michels Weib zwei Kinder hatte und hin und wieder zum Putzen ging, daß das jetzige Zimmer keinen Vogelbauer hatte, ein klein wenig heller war, aber enger als das frühere.

Vor zwei Jahren war es etwas anders. Damals arbeitete Michel noch in der Motorenfabrik. Es war guter Verdienst. Aber wie der Teufel sein wollte, die Firma machte Bankrott, kam noch hinzu, daß das damalige Haus, in dem Michel mit Weib und Kindern in einer Zweizimmerwohnung hauste, in ein Warenhaus umgewandelt wurde, und die Leute nach langem Hin und Her auf die Straße gesetzt wurden.

Weshalb soviel Aufhebens machen! Die Entwicklung der Dinge läßt sich leicht denken. Die Hauptsache war immer: Man hatte zur Not ein Dach über dem Kopf bekommen. Man wußte, wo man hingehörte. – – –

Nun, es ist etwas Wahres dran an dem Sprichwort: »Wo die Not am größten, ist Hilfe am nächsten.«

Trotzdem der Verstorbene sich vielleicht geschworen haben mochte, nie und nimmermehr für Michel etwas zu hinterlassen, fiel dem Sohn jetzt die ganze erraffte Habschaft des Alten zu. –

Es war erst fünf Uhr nachmittags. Michel konnte in aller Ruhe das Zimmer des Verstorbenen durchstöbern und alles mitnehmen. Er fand außer baren fünftausend Mark einige Anzüge, von denen er den besten sogleich anzog, einen Überzieher, den er ebenfalls umlegte, und allerhand Gerümpel, das er dem Tändler Finsterhofer verkaufte.

Er war gut aufgelegt, der Michel, lachte und gab schließlich dem drängenden Tändler auch das ganze andere Geschleppe, die übrigen Anzüge und was da noch war.

Die Tasche voll Geld schritt er in die dämmernde Stadt.

»Ist doch gut, wenn man weiß, wer einen auf die Welt gebracht hat,« brummte er aufgeheitert und ging in eine der bekannten Wirtschaften in der Bahnhofsnähe, um noch ein paar Gläser zur Feier des Tages zu trinken.

Es kam ihm merkwürdig vor, als er so unter den anderen Arbeitern, Zuhältern, Herumlungerern und alten Huren saß.

Einige kannten ihn und maßen ihn von der Seite.

»Hast das große Los gezogen, Michel! He ... gibst was aus?« rief ihm ein Tisch zu und in jedem Blick war ein konstatierendes Zwinkern.

Michel setzte sich. Es tat ihm wohl, daß soviel Freundlichkeit ihn umgab. Auf seinem Gesicht war sogar eine Art Gönnerhaftigkeit.

»Meinetweg'n ...,« rief er und lachte, »trinkt. Mein Alter hat ins Gras gebissen! Es kommt mir nicht drauf an ...!«

Und die Gesichter um ihn zäunten sich enger, fingen zu glänzen an. Man trank sich kameradschaftlich zu.

»Erste Runde ... wer bezahlt!« schrie der martialische Kellner und Ordnungsmann in den Tisch.

»Daher!« schrie Michel und griff in seine Hosentasche, zog die Scheine heraus.

»Da gehn schon noch ein paar Runden, Michel?!« riefen mehrere.

»Kameradschaft bleibt Kameradschaft!« bekräftigte ein anderer.

Und Michel legte einen Hundertmarkschein auf den Tisch: »Soviel soll genug sein!«

Der Tisch war zufrieden, wurde laut, man brachte Bier und ließ Michel leben!

Dann stand Michel endlich auf. Einige wollten ihn noch halten, bettelten. Aber ein paar andere mischten sich ein und riefen: »Nein ... richtig gesagt, sind wir zufrieden ... der Michel kommt wieder!«

Und jeder drückte Micheln die Hand.

»Ein kreuzguter Mensch!« hörte dieser noch, als er die Tür hinter sich zuzog und seine Schritte eiliger straffte.

Die großen Bogenlampen leuchteten schon durch den nachtdurchwobenen Nebel. Aus den Kaffeehäusern griffen die Lichter, die Straßenbahnen flimmerten, surrten und läuteten.

Michel stieg nicht ein. Er ging zufrieden dahin und lächelte manchmal. Es schien, als wolle er noch einmal, ganz für sich allein, das eben zuteil gewordene Glück auskosten.

Er griff nach seinem Geld. Er griff hastiger. Nichts.

Seine Knie begannen zu schlottern, sein Herz stand jäh still. Er griff nochmal.

Das ganze Geld war weg. Man hatte es ihm gestohlen.

Er taumelte an eine Hauswand. Griff, suchte – suchte alle Taschen durch, vorsichtig, zitternd, furchtbar.

Nichts mehr.

Einen Augenblick stand er starr.

Die Trambahn surrte vorbei. Ganz dünner Schnee fiel. Die Lichter flimmerten. Es rauschte, rauschte – und war doch grauenhaft still. So als ob alles wie ein fließendes Wasser leise um ihn herumflösse. Er hörte es nicht und hörte es doch, hörte es wie ein verborgenes, leises Kichern ...

Der Schnee fiel. Michel bewegte sich nicht von der Stelle.

Lange. –

Endlich gab er sich einen Ruck, rannte in die Wirtschaft zurück, auf den Tisch zu.

Es war keiner mehr da. Er fuhr den Ordnungsmann an. Fragte, flehte, weinte. Vergebens.

In sich zusammengesunken verließ er die Wirtschaft. Machte sich auf den Heimweg.

Als er vor dem Haus stand, in dem er wohnte, – hielt er inne. Er griff nochmal in alle Taschen.

Dann, als er die Treppen emporstieg, schien es, als hätte sein Gang wieder die gewöhnliche Ruhe und Gleichgültigkeit, mit der er sonst dahinschritt. Der Dunst des Zimmers schlug ihm ätzend entgegen. Es war still und düster. Die zwei Kinder lagen im Korb, in einem Berg von Lumpen, und schliefen. Anna saß am Tisch, die Petroleumlampe flammte ärmlich und bläulich über ihre Hände.

Gleichgültig schaute das Weib vom Sockenstopfen auf und rief: »Hast was gefunden?«

Michel schwieg, drehte sich umständlich um und schloß die Tür. Dann, seinem Weib wieder zugewendet, sagte er: »Zuwas stopfst' Socken ? ... Brauchst bloß Licht.«

»Hast denn solang braucht?« fragte Anna und fixierte nunmehr die ungewohnte Kleidung ihres Mannes.

»Ja ...,« sagte Michel und zog seinen Überzieher aus, »ist eine schöne Strecke gewesen ...«

»Ist ein schönes Stück Gewand,« sagte Anna wieder, als Michel näher ans Licht getreten war und sich auszuziehen begann, »sonst hat er also nichts gehabt?«

Der Michel schnaubte ein paarmal auf. Dann rief er einsilbig: »Geh, leg dich nieder ... für uns wär's besser gewesen, man hätt' uns im ersten Bad ertränkt ... leg dich nieder, Alte!

Und plumpsig ließ er sich ins Bett fallen, daß die Federn knarzten. Bald darauf lag auch Anna an seiner Seite.

Am anderen Tag trug Michel den Überzieher aufs Leihamt und gab Anna das Geld.

Wieder wie immer hockte er stumpfsinnig in der Wärmestube der Arbeitsvermittlung. –

Die Lunge

Die Arbeiterin Manztöter ist der Lungenschwindsucht erlegen. Sie war eine stille, fleißige Person. Sie schaffte sich auch etwas. Vor vier Jahren trat sie in die Zigarettenfabrik Zuccalisto ein. Bauernmagd war sie vorher gewesen. Eine von den vielen, die die Stadt anzog, der Verdienst und die Aussicht auf eine baldige, einigermaßen erträgliche Ehe vielleicht.

Die Männer auf dem Land waren plump und bedacht auf offene Vergewaltigung. Betrunkene Bauernsöhne kamen manchmal in den Stall, faßten sie an der Brust, packten ihr Kinn, leckten ihre Wangen. Ein rothaariger Knecht setzte ihr aufdringlich zu, stand und stand überall und schlug einmal sinnlos auf sie ein. Daraufhin floh sie in die Stadt.

Sie änderte sich nicht, sparte, arbeitete und war fromm ohne Bigotterie. Noch immer las sie das Wochenblatt jedesmal aus und den Roman und hielt sich außerdem »Die christliche Dienstmagd«. Unter dem vielen Gemisch von afrikanischen Missionsberichten, fand sie eines Tages die Geschichte eines Farmers in Südwestafrika, leis überhaucht von friedlich-fleißigem Eheidyll.

Einem solchen sparte sie das Geld vielleicht.

Vierhundert Mark hatte sie schon auf der Sparkasse. Noch vielleicht zwei Jahre oder längstens drei und es wären tausend gewesen. Tausend Mark! –

Das ist schließlich nur Angewohnheit, daß man zur Vesper für fünfzig Pfennig Käse oder ein Stück Wurst haben muß mit Bier. Kaffee mit einer Semmel geht auch oder Gerstenauflauf von Mittag. Machte schon wieder zwanzig Pfennig weniger. –

Außerdem kann man sich wöchentlich zweimal zu den Überstunden melden. Sind auch wieder drei Mark fünfzig Pfennig für je eine Stunde. Man macht jedesmal drei, sind zusammen wöchentlich einundzwanzig Mark. Eineinhalb Tagelohn mehr. Dann, wenn man heimkommt, ist's meistens schon dunkel, man braucht kein Licht mehr, legt sich einfach gleich ins Bett und schläft ein, hat gar keinen Hunger mehr. –

Zuletzt waren es schon sechshundert Mark. Sechshundert!

Und da kam die Lunge.

Und kurz darauf hätte es eine allgemeine Aufbesserung gegeben, weil die Zigarettenfabrik Zuccalisto fünfundvierzig Prozent Dividende verteilen konnte dieses Jahr und auch was tun wollte für ihre Arbeiter.

Ohne Bleibe

E s war schneidend kalt. –
Der Schutzmann an der Ecke sah einem angeheiterten Doppelpaar grießgrämig nach und knurrte mürrisch.

Durch den Gedanken, daß diese Leute nun in ihre warmen Stuben heimgingen und vor dem Zubettgehen vielleicht noch heißen Tee tranken und eine Kleinigkeit zu sich nahmen, hatte er sich davon abbringen lassen, weiter auf und ab zu gehen und seine durchfrorenen Beine durch zeitweiliges Stampfen einigermaßen warm zu erhalten. Jetzt stach die Kälte doppelt quälend in allen seinen Gliedern.

Er knirschte verdrossen, zog seinen Kopf noch tiefer in den aufgestülpten, starren Mantelkragen, bog mit sichtlicher Überwindung die steifgewordenen Knie und ging wieder weiter. –

Die Stimmen der Spätlinge verschwammen mehr und mehr. Es wurde wieder still. Wie ausgestorben dehnte sich das verlassene Geviert aus. Düster und drückend ragten die Hauswände empor. Der Schnee fiel dicht und sehr ruhig. –

Mißmutig schwenkte der Schutzmann in eine breitere Straße ein. Durch die gleichmäßiger verteilte Schneefläche schien es hier heller und weiter zu sein. Er blickte erleichtert in die weiße Eintönigkeit. Eine strichhaft hagere Gestalt kam auf ihn zu. Der Mann schien weder Kopf noch Arme zu haben. Nur die Beine warf er mechanisch nach vorne wie ein aufgezogenes Gespenst. Als er kaum noch fünf Schritte von ihm entfernt war, hustete der Schutzmann sehr vernehmlich und hob sein verärgertes Gesicht.

»Sie!« rief er dem Herankommenden gehässig laut entgegen und warf sich in straffere Haltung.

Die Gestalt blieb stocksteif stehen. Nur der Frost schüttelte sie.

»Haben Sie Papiere ?« fragte der Schutzmann, noch einen Schritt machend, und musterte den Mann.

Der rührte sich nicht.

»Sie!!« brüllte der Schutzmann wie fluchend und leuchtete dem Fremden mit der Taschenlaterne entgegen. Alles an ihm war wieder in bester dienstlicher Ordnung.

Ein harkiger, abgerissener, verdorrter Baumstamm oder eine arg ramponierte Säule konnte es sein, was da im Lichtkreis stand. Raschen Blicks überflog sie der Polizist.

»Ihre Papiere! – Sind Sie denn taub!« schrie er abermals, wütend über das Aufgehaltenwerden bei solcher Kälte, und setzte schnell, wie witternd hinzu: »Oder haben Sie keine?«

Der Fremde zog endlich seine erstarrte Hand aus der tiefen Hosentasche und reichte ihm die schmutzigen, durchnäßten Ausweise.

»Karl Pruvik, Klempnergehilfe« stand auf der überleuchteten Invalidenkarte. Herkunft, Geburts- und letzter Dienstort und Datum waren verzeichnet. Abgestempelte Marken klebten auf der ersten Hälfte.

Der Schutzmann steckte das Papier unter den blauen Militärpaß und schlug diesen auf.

»Infanterist Pruvik, Karl. – 14. Regiment« orientierte die erste Seite.

»Verwundet bei Luneville (Armschuß rechts), desgleichen bei Tarnopol (Knieschuß links), verwundet bei Verdun (Schulterschuß links)« war im Anhang eingetragen, und soundsoviele Gefechte und Schlachten erwähnte das nächste Blatt.

Das Gesicht des Schutzmanns verlor mehr und mehr die stiere Härte, hob sich etwas höher aus dem Mantelkragen.

»Hm! – Auch Kriegsteilnehmer? … Ohne Bleibe, was?« sagte er mit zufriedener Ruhe und streckte dem regungslos Dastehenden die Papiere hin. Dessen Gestalt schwankte ein klein wenig nach vorne.

»Hundekälte das! Warten Sie, es geht schon!« rief da der Schutzmann noch loyaler und steckte dem Mann die Papiere hilfsbereit in die Rocktasche: »Ist ja noch nicht so spät. Noch alles offen in der Stadt, Sie kommen sicher unter!«

»So,« sagte er eben, als in nächster Nähe die Uhr zehn schlug. Einen Augenblick horchte er auf, nickte und entfernte sich eilsamen Schritts. Schon von weitem erspähte er die Ablösung.

Karl Pruvik riß sich fest zusammen und schritt wieder weiter.

Der Schnee fiel und fiel.

Nach einer langen Weile wurde es endlich etwas lichter. Menschen stapften vorüber. Grelle Autolaternen glotzten über einen freien Platz.

28

Über einem mächtigen Säulenportal leuchteten groß die Buchstaben »Schauspielhaus«.

Vielleicht vom Licht angezogen verschnellerte Karl Pruvik unwillkürlich seine Schritte, eilte geraden Wegs auf den Theaterausgang zu. Eben strömte die Besucherschar aus den großen, glitzernden Toren. Er befand sich im Nu mitten im dichtesten Gemeng und drängte sich vorwärts. Eine warme Duftwelle schlug ihm entgegen, starkgeschminkte Gesichter tauchten auf und seltsam kühne Reflexe warf das grelle Licht auf glänzende, rauschende Damentoiletten. Überschnell schwirrten geschäftige Stimmen ineinander, Seidenrauschen, Lächeln, Autohupen und das fadendünne Zirpen süßlicher Tonfälle vermischten sich zu einem betäubenden Geräusch. »Einfach glänzend!« rief wer. »Rührend, wie die Hohlmann spielt! – Nein, einfach entzückend!« zwitscherte eine überhelle Stimme. »Huw, dieses Schweinewetter! – Kommt schnell ins Auto!« ließ sich zwischendurch vernehmen. Und wieder: »Kritisch gewertet –: Eine Glanzleistung in Regie und Spiel!« Dann das laute, aufdringliche Gekicher der Backfische: »Dieses herrliche Rüschenkleid, Mama! – Hast du gesehen, – den Sonnenschirm! – und das Biedermeierkostüm im dritten Akt? Entzückend! –Du Lilly, weißt du was! So gehen wir heuer im Fasching! – Gell Mammi! Gell!«

Es plätscherte fort und fort, oben, unten, überall. Abschiednehmen, Handküsse, Einladungen für das morgige Festessen, Lachen, Autovor- und Abfahren – alles wie ein flimmernder Hexentanz! –

Karl Pruvik war mittlerweile unbemerkt bis an das Eingangstor gelangt. Noch eine geschickte Finte und er hatte für heute nacht ein Dach über dem Kopf. Sein Herz schlug heftig. Es war wieder Leben in seine froststarren Glieder gekommen. Behende glitt er an den aufeinandergedrängten Gestalten vorbei und fühlte auf einmal Raum und Wärme. Er lugte spähend nach dem betreßten Portier, duckte sich mehr noch zusammen, hielt den Atem an, arbeitete sich an der Wand entlang.

Im selben Augenblick aber stockte die Bewegung des Menschentrupps. Er zerteilte sich und jäh brachen die Reden ab. Durch eine glotzende Gaffergasse hastete der Portier mit steinernem, finster drohendem Gesicht auf ihn zu.

»Was suchen Sie denn da? – He! Sie! Sie!« schrie der Türhüter. Karl Pruvik zog wie ein gezüchtigter Hund die Schultern hoch und verbarg den Kopf völlig in seiner schlotternden Brust.

»Was Sie wollen, frag' ich!?« bellte der Portier hinter ihm und pack-
te ihn heftig am Arm, riß ihn zurück. Ohne Wort und ohne Abwehr
ließ sich der Eingedrungene von dem belfernden Türhüter und zwei
inzwischen herbeigeeilten Logendienern ins Freie schieben. »Hm,
sowas? – Sich ins Theater einzuschleichen!« sagte jemand von den
Stehengebliebenen und schüttelte den Kopf. Der ins Stocken geratene
Menschenhaufe bekam wieder Bewegung und drängte sich durch den
Ausgang. Die Tore schlossen sich finster. Schwätzend trabten die letzten Paare vorüber.

Karl Pruvik stand zögernd und benommen im glitzernden Schnee-
geflock. Einen Augenblick hatte es den Anschein, als straffe sich sein
Körper, als hole er zu einem Satz aus und wolle in die vorbeigleiten-
den, duftenden, rauschenden, geschwätzigen Menschen springen, aber
schließlich torkelte er doch über die verschneite Freitreppe hinunter
und bog in die Seitengasse ein, die vom Theaterplatz abzweigte. Ein
letztes Auto surrte weg. Die Stimmen verloren sich in der Ferne. Die
erleichternde Helligkeit, die die Beleuchtung des Theaterpalastes nach
allen Seiten hin verbreitet hatte, verlosch lautlos. Es war wieder ringsherum die fahle, unwirkliche Düsternis der Winternacht. –

Karl Pruvik hob den Kopf hilflos. Eine knappe Wurfweite vor ihm
ragte etwas Schwarzes aus dem Schnee und bewegte sich wie schwebend
von der Stelle. Willenlos und ohne Grund folgte er der Erscheinung.

Lange ging er so.

Es mußte schon tief nach Mitternacht sein. Trist gähnten die men-
schenleeren Straßen und Plätze.

Man stand am Rande des Stadtparkes. Die kerzengerade Gestalt verschwand zwischen den Bäumen. In der aufgeworfenen Bahn der Spur
schritt Karl Pruvik weiter. Es war viel dunkler hier. Die schneebela-
denen Baumäste lasteten schwer herab. Nur zeitweilig gab sich eine
hellere, freiere Stelle und undeutlich ließen sich eingemummte Bänke
erkennen. Auf einer solchen hockte die zusammengekauerte Gestalt
nun, der er die ganze Zeit gefolgt war. Stoisch ließ sich Karl Pruvik
neben ihr nieder und legte wie aus einer plötzlichen Eingebung heraus seinen steifen Arm um nasse, scharfe Schultern. Lahm schmiegten
sich die beiden Körper aneinander. »Kalt,« murmelte es kaum hörbar
aus dem Kopf, der haltlos auf seine Brust herabglitt.

»Kalt,« brummte Pruvik ebenso leise und schloß seine Augen. Auch
sein Kopf sank herüber auf das Genick des anderen.

Kein Schnee fiel mehr. Es war seltsam –: Jetzt, da man schonungslos der Kälte ausgeliefert war, wußte man nicht mehr, war's eine rasende Hitze oder eine gänzliche Eisigkeit, was in den Gliedern brütete. Der ganze Körper hatte das Gewicht verloren. Es schien als schwebe er durch eine unsäglich friedliche Stille .... Auf einmal drückte etwas Hartes an den Arm, umklammerte, zerrte. Es schrie wie durch Nebelschwaden, dann näher. Es rüttelte stärker. Das Geschrei schwoll. Der Kopf an der Brust bewegte sich stumm.

Karl Pruvik öffnete die Augen. Das grelle Licht einer Taschenlaterne stach ihm ins Gesicht, blendete, schmerzte.

»He! – He! Was ist da!!« schrie ein Schutzmann, riß erregt am Arm. »Was ist denn das! Auf! Auf!!«

Alles tat wieder weh. Die zerfrorenen Knochen rührten sich, schmerzten, als seien sie alle einzeln abgeschlagen und bewegten sich wie in einem geplatzten Gipsverband klappernd von dannen.

Erst in der Stube der Polizeistation sah Karl Pruvik, daß noch einer neben ihm stand, genau so reglos und stumpf wie er. Auf den redeten die zwei Schutzleute ein, fragten, schrien ihn an.

Endlich nach einer Weile schritt man durch eine Tür und das Licht war aus den Augen. Die beiden lagen auf einer Pritsche, in warme Decken gewickelt. Die Glieder bewegten sich ohne Schmerz. Wärme kam langsam. Von Zeit zu Zeit berührten sich Arm oder Fuß.

Nach langer Zeit hörte Karl Pruvik wieder polternde Stimmen und kalte Luft huschte über sein Gesicht. Die Pritsche knarrte und Schritte dumpften. Eine Tür fiel zu. Jetzt war es leer neben ihm. –

Es fiel gläseriges Tageslicht durch die vergitterte Luke, als er die Augen öffnete.

Ein etwas ins Rundliche gehender Schutzmann mit gemütlichem, wohlig gerötetem Gesicht stand vor ihm und sagte in friedlichem Baß: »Sie können sich wieder fertig machen. Es liegt nichts vor gegen Sie!«

Karl Pruvik hob seinen übermüdeten Oberkörper auf der Pritsche.

»Haben Sie denn den andern gekannt?« fragte der Schutzmann.

Pruvik schüttelte dumpf den Kopf.

»Hat ein paarmal eingebrochen,« erzählte der Polizist beiläufig und redete weiter: »Stehn Sie dann auf und kommen Sie. Sie können wieder gehen.«

Karl Pruvik sah ihn verständnislos an.

»Eine harte Zeit jetzt – und hundekalt diesen Winter!« brummte der Schutzmann und bat Pruvik abermals aufzustehen.

Der erhob sich endlich und ging mit ihm durch die Tür in die Polizeistube hinaus.

Ein Wachtmeister saß am Tisch und hatte seine Papiere in der Hand, sah ohne Arg, beinahe mitleidig auf Pruvik.

»Sie können wieder gehen,« sagte er in dienstlichem Brustton und reichte ihm Invalidenkarte und Militärpaß.

Karl Pruvik stand zögernd da und machte keine Bewegung.

»Es liegt nichts vor gegen Sie! – Daß einer keine Bleibe hat, kann jedem einmal passieren,« sagte der Wachtmeister menschlich.

Pruvik nahm mechanisch seine Papiere.

»Grüß Gott,« sagten die beiden Polizisten und nickten dem Gehenden zu.

Einer öffnete freundlich die Tür.

Karl Pruvik ging.

Es schneite nicht mehr auf den Straßen. Das Bleich des Tages tat den Augen weh. Ein Wind hatte sich erhoben und pfiff schonungslos um die scharfen Hausriffe. Es war kalt. Es war wirklich grausam kalt ...

Etappe

I.

Der Stab für das Eisenbahnbauwesen der Ostarmee lag vor Dünaburg. Es ging die Rede von einem russischen Durchbruchsversuch. Die Baukompagnie 14 geriet ins Feuer. Es gab Verluste. Der Bau der Feldeisenbahn kam ins Stocken. Die Verbindung mit der Kampffront blieb auf Tage unterbrochen. Vom Oberkommando der Armee lief eine Beschwerde beim Stab ein. Drängende Befehle peitschten zur Beschleunigung. Der Major hatte wieder jenen gehässigen Ärger auf seinem finsteren Gesicht, der an den Brückenbau in Kowno vor der Ankunft des Kaisers erinnerte.

Zwei Tage vorher bereits überwölbte das fertiggebaute, riesige hölzerne Mittelstück die gesprengte Memelbrücke damals. Die Belastungsprobe war glatt verlaufen. Allenthalben sah man entspannte, befriedigte Gesichter. Die ermüdete Mannschaft trat schon zum Heimmarsch in die Quartiere zusammen. Plötzlich murrte ein langgezogenes, ruckendes Grollen über den nebeligen Fluß. Die Brückenmitte hatte nachgegeben, war fast um einen halben Meter tiefer gesunken. Eine Totenstille herrschte minutenlang. Dann bellten abgehackte Befehle durch die Luft. Die erschöpften Abteilungen schwärmten wankend auseinander, wieder auf die Brücke und ins eisige Wasser. Die ganze Nacht hämmerte, ächzte, krachte, schob und schrie es aus dem spärlich beleuchteten Gerüst des Notbaues und aus der Flußtiefe. Fieberhaft, mit verdrossenem, verbissenem Grimm wurde gearbeitet.

Wie Rudel totgehetzter Ziehtiere trotteten die Kolonnen am Morgen in die zerschossene Stadt.

Zwanzig Stunden wurde am darauffolgenden Tage gearbeitet. Zweiundzwanzig ununterbrochen am andern. Die Ruhr brach aus unter der Mannschaft. Mehr als vierzig Mann starben, fünf ertranken in der Memel.

Als der Kaiser ankam, erhielt der Major das Eiserne Kreuz erster Klasse.

»Herr Major, – hoffentlich ist es uns allen noch gegönnt, daß wir den Pour le mérite ebenso vergnügt mit Ihnen feiern dürfen,« sagte damals der geschnürte, glatzköpfige Stabsadjutant piepsend. Und zerschlissen freundlich lächelte der Major: »Wenn Petersburg fällt!« – Damals ging es unaufhaltsam vor.

Nun stockte es erstmalig während des ganzen Feldzugs. –

Die Russen funkten sehr nahe. Die zurückgetriebenen Eisenbahnbaukompagnien verpendelten die Zeit mit nutzlosen Appellen. Vom Hauptquartier kam Befehl auf Befehl. Die Offiziere flitzten nervös und gewichtig herum. Bei der Mannschaft gab es Arreste.

Unübersehbare Mengen Baumaterialien stapelten sich und mußten liegenbleiben.

Der Major ritt die Bauzüge ab, schrie, polterte, teilte Strafen aus.

Fünfzehnhundert Russen, die an der Front gefangengenommen worden waren, trafen ein. Befehl zur Aufnahme des Weiterbaues der Feldeisenbahn erging. Langsam rollten die stehengebliebenen Bauzüge vorwärts, in die tristen Schneefelder hinein. Vor, vor – immer noch vor ging es! Bis zu der Stelle, wo die Arbeit aufgegeben werden mußte.

Die Geschosse schwirrten hoch in der schneeigen Luft. Ganz nahe.

Schnee, Schnee. Kälte, Kälte.

Die Baukompagnie 14, 15 und die Russen marschierten auf die Arbeitsstellen.

»Mist! – Humbug! – Unsinn!« knurrte von Zeit zu Zeit irgendeiner halblaut.

In kilometerweiter Entfernung schlugen die Geschosse ein, warfen Kotfontänen.

Schlaggg! – lag alles am Boden.

Man lag die halbe Zeit in Deckung. Die Arbeit machte kaum wesentliche Fortschritte.

Meldung erging an den zurückliegenden Stab. –

Der Ordonnanzreiter Peter Nirgend ritt durch den peitschenden Schnee. Das Pferd dampfte. Die Lenden spritzten Blut. Fiebernd bog sich der furchtsame Rücken im Galopp. –

Hauptmann und Oberleutnant der Baukompagnien empfingen den Heransprengenden mit mürrischen Gesichtern.

»Meldung vom Stab der Eisenbahntruppen!« keuchte Nirgend. Nur mit Mühe konnte er sich stramm halten.

Hastig öffnete der Hauptmann den Umschlag, überflog mit unterdrückter Entrüstung das Papier und sah auf den Oberleutnant, reichte es ihm.

»Hm!« brummte er kopfschüttelnd.

»Hm!« machte der Oberleutnant gleichfalls achselzuckend und ratlos.

Dann stiegen beide in den Kanzleiwagen.

Peter Nirgend führte sein schweißtriefendes Pferd auf und ab. Aus den Quartierwagen der Mannschaft glotzten mißmutige Gesichter.

»Geht's vor?« fragte einer.

»Der Hund!« knurrten etliche dumpf, als Nirgend nickte. Der Kanzleiunteroffizier rief aus dem Wagen, übergab ihm die Rückmeldung an den Stab. Der gefrorene Boden klapperte unter den ausgreifenden Hufen des Pferdes. Schneewolken staubten auf und nichts mehr sah man. –

Ein abermaliger Befehl des Stabes bestimmte unverzügliche Aufnahme der Arbeit und sofortige Herstellung der Verbindungslinie mit den Fronten.

Schon tags darauf meldeten die vorgeschickten Kompagnien schwere Verluste. Die fünfzehnhundert Russen weigerten sich, aus ihrem Bauzug zu gehen. Man prügelte sie heraus. Aber am selben Abend noch mußten die Züge zurückrollen. Viele Wagen waren zerstört. Die Eisenbahnlinie überall ramponiert.

Die ganze Nacht schrie es die Züge entlang. Neue Wagen wurden eingeschoben. Unaufhörlich wurde rangiert. –

Am andern Mittag raunte es von Ohr zu Ohr: »Es geht wieder vor!« Es ging ein Gerücht herum von einem scharfen Aufeinanderprallen zwischen Major und Hauptmann. Kurz darauf hieß es: »Antreten zum Appell!« Vor den gepferchten Reihen der zum abermaligen Vorrücken bestimmten Truppen hakte ein fremder Offizier auf und ab und hielt eine schwunghafte Rede. »Das deutsche Wesen darf nicht untergehen! Hurra! Hurra! Hurra!« schloß er und alles brüllte mit. Wie ein einziger Tierlaut klang's.

»Fürs Vaterland!« murrte einer zynisch beim Auseinandergehen.

»Für den Pour le mérite!« brummte ein bärtiger Kerl und sah herausfordernd auf die lethargischen Gesichter der Kameraden.

»Kotze! – Sich den Schwanz verbrennen ist die einzige Rettung!«
murmelte der Mannschaftskoch stoisch.

»Nulpe! Wo denn? – Wenn weit und breit kein Puff ist!?« warf ihm
der Vagabund Tümpel hin und spuckte in großem Bogen durchs offene Fenster,

Tief am Nachmittag ächzten die Bauzüge abermals finster in die
schneeige, verlassene Gegend hinaus.

Am zweiten Tag, als Nirgend von den Kompagnien zum Stab zu-
rückritt, knallten Schüsse hinter ihm her. Einer davon streifte leicht
seinen rechten Arm.

»Hu–u–und!« surrte es langgedehnt durch die kalten Nebelschwaden und lief ihm nach wie ein unterirdisches Grollen.

Gegen Morgen tauchten auf einmal die gelben Lichter der Bauzuglo-
komotiven auf und kamen zischend näher. Die vierzehnte Kompagnie
war bis auf zirka hundert Mann aufgerieben, und die fünfzehnte hatte
gleichfalls zahlreiche Verwundete und Tote. Die Russen hatten in der
allgemeinen Panik des Zurückflutens die Flucht ergriffen und irrten
rudelweise in den Schneefeldern herum. –

Nirgend trat dumpf ins Leutnantszimmer des Stabsbureaus, straffte
seine Glieder und sagte: »Zur Stelle!«

Der schmächtige, elegante Offizier drehte sich wippend, etwas nervös herum, maß den Hereingetretenen von oben bis unten und fragte:
»Na, – und?«

»Man hat mich angeschossen,« sagte Nirgend unvermittelt.

»Ja – und?«

»Es waren welche von uns, Herr Leutnant.«

Die gepflegten, spitzen Augenbrauen des Offiziers griffen zuckend
in die plötzlich streng gefaltete Stirn.

»Quatsch! – Woraus schließen Sie denn das,« rief er wegwerfend.

»Weil jeder wütend ist,« sagte der Meldereiter einfach.

»Halten Sie Ihr Maul, Sie Lümmel! – Was bilden Sie sich eigentlich
ein!« belferte der Leutnant drohend und schnellte auf.

»Ich rede nicht um meinethalben,« erzählte Nirgend ruhig und
schaute dem Schimpfenden entschlossen ins Gesicht, »aber um den
Pour le mérite geht keiner mehr vor. Ich reite nicht mehr!«

»Wasss!!« zischte es durch die warme Zimmerluft.

Der Leutnant machte einen Satz wie eine gesprungene Matratzenfe-
der. Die Tür des anderen Zimmers wurde ruckhaft aufgerissen.

»Wasss! – Was ist da!?« schnarrte der Major und machte einen Schritt auf Nirgend zu. Schon riß sich der Leutnant schlank und stramm herum, wollte melden. Aber der Soldat kam ihm zuvor, sagte, zum Major gewendet, mit der gleichen, einfachen Ruhe: »Ich reite nicht mehr, Herr Major! Um einen Pour le mérite geht keiner mehr vor, sagen alle!«

Einen Moment fielen die beiden Offiziere fast auseinander. Dann schrien sie, bellten drohend: »Hinaus! Hi–naus! Sie Schweinehund!«

Ganz korrekt drehte sich Nirgend um und ging aus dem Zimmer. In der angrenzenden Schreibstube wurde fieberhaft gearbeitet. Jeder saß geduckt da und kaum einer wagte aufzuschauen. Nur einige ängstliche Blicke trafen den Hindurchschreitenden. Der Stab nistete in einem einstöckigen Gelehrtenhaus. In den unteren Bäumen waren die Bureaus, oberhalb die Schlafzimmer der Offiziere und auf dem Dachboden hausten die Mannschaften. Dort angelangt, legte Nirgend sich so wie er war aufs Stroh und zündete sich eine Zigarette an.

Es war merkwürdig, heute kam keiner zu Bett. Düster glomm der spärlich helle Kreis der brennenden Zigarette im Dunkel. Wie in einer verlassenen Totengruft lag man hier. Langsam fielen die Minuten von der Decke herab.

Eine lange Zeit verging.

Dann knarrten Schritte die Treppe herauf, kamen näher. Es mußten mehrere Leute sein. Peter Nirgend rührte sich nicht.

Die Tür wurde geöffnet. Im Lichtkreis einer Taschenlaterne tauchte undeutlich die Gestalt des Leutnants auf. Dahinter mußten noch einige Leute stehen. Zwei Seitengewehre funkelten zur Höhe.

Nirgend erhob sich ohne Hast. Irgendeine dunkle, breite Gestalt tappte herein, tastete herum und entzündete die Lampe. Jetzt traten der Leutnant und die zwei Soldaten mit den aufgepflanzten Seitengewehren an den Tisch, wo der Unteroffizier, der Licht gemacht hatte, stand. Der Leutnant verlas etwas von sofortiger Inhaftierung und Überweisung an ein Kriegsgericht, faltete den Bogen wieder, sah Nirgend flüchtig an und sagte zum Unteroffizier: »Wenn er in fünf Minuten nicht folgt, wenden Sie Gewalt an!«

»Zu Befehl, Herr Leutnant!« antwortete der strammgestandene Korporal.

»Naja!« sagte der Leutnant und ging.

Einige Augenblicke standen sich die Soldaten schweigend gegenüber.

»Kamerad! – Mensch?« brachte der Unteroffizier endlich heraus, stockte aber plötzlich und sagte dumpfer: »Packen Sie Ihre Sachen zusammen und kommen Sie.«

»Seid ihr Vierzehner?« fragte Nirgend unbeweglich. Keine Antwort. Keine Bewegung der anderen. Starr standen die drei.

»Gestern nacht habt ihr auf mich geschossen – einer von eurer Kompagnie war's! – Weil ich den Befehl zu euch brachte zum Vorrücken. – Einen Denkzettel habt ihr dem Major geben wollen – jetzt macht ihr drei wieder die Handlanger der Ordensjäger!« stieß Nirgend heraus.

Keine Bewegung. Schweigen. Starr standen die drei. Wie glatte, finstere Glassturze. Alles rutschte an ihnen herab.

Man stand selber unter einem solchen Glassturz. Gespannt bis aufs äußerste mußte man an sich halten. Eine einzige Bewegung – und alles konnte zusammenfallen, klirrte herab. Und – ?

Und man stand ohnmächtig, ausgeliefert und vereinsamt zwischen den anderen. Die nackten Arme halfen nichts. Nicht einmal zu einer Umschlingung, denn man rutschte ab. Fiel hin und war ein Häuflein nichts.

Und was war geschehen!

Nichts!

Die nackten Arme halfen nichts! Gar nichts!

Nur die Kartätschen der Feinde, Hekatomben auseinandergerissener Leiber. Das Unerträgliche. Die Sinnlosigkeit führte zum Sinn zurück.

»Wollen Sie den Befehl befolgen?!« rief der Unteroffizier jetzt.

»Ja!« schrie Nirgend fast überlaut: »Ja – am liebsten würde ich wieder hinausreiten zu euch. Immer vor! Immer vor müßtet ihr – für den Pour le mérite!«

»Los – los!« plapperte der Unteroffizier verärgert, »reden Sie nicht! Los!«

»Ja!« bellte Nirgend abermals, »d a s ist das deutsche Wesen!«

»Marsch!« brüllte der Unteroffizier: »Vorwärts jetzt!« Und zog ihn in die Mitte.

Man ging. –

38

II.

Der Schnee lag tief. Langsam ging es vorwärts.

»Was macht man eigentlich mit mir?« fragte Peter Nirgend auf einmal steif stehenbleibend. Es antwortete niemand.

»Los – los!« brummte der Unteroffizier vorne wie für sich. Die Soldaten schoben den Gefangenen weiter.

»Er hat euch geschunden bis aufs Blut. – Ihr habt es selbst gesagt, daß ihr nicht mehr mitmachen wollt,« sagte Peter beharrlich und stemmte sich gegen die schiebenden Hände.

»Los – los! Wir möchten auch zur Ruh kommen!« stieß der Unteroffizier abermals murmelnd heraus und machte eine halbe Wendung. Einer der Soldaten setzte dem Häftling das Knie in den Rücken.

»Gibt doch bloß Arrest, Mensch!« sagte der Unteroffizier beiläufig. Peter Nirgend ließ nach. Man watete wieder weiter.

Die lange, geschwertete Linie eines spärlichen Lichtes stach durchs Dunkel. Das war das Gemeindehaus, wo der Arrest abgesessen wurde. Landstürmler versahen dort den Dienst.

»Ihr kriecht, bis man euch die Kugel in den Leib jagt!« knirschte Peter.

Schweigen.

Der Unteroffizier schlug mit der Faust an die Gemeindehaustür. Mit hochgehobener Petroleumlampe erschien der verschlafene Sergeant in ihrem Rahmen. Der Trupp trat in die wohligwarme Wachstube. Zwei Landstürmler hoben schläfrig ihre Oberkörper auf den Pritschen, rieben sich die Augen. Einer davon stieg herab und nahm den Schlüsselbund, winkte Peter.

»Kommt vors Kriegsgericht! Befehlsverweigerung!« sagte der Unteroffizier zum Sergeant, der den Einlieferungsschein unterschrieb. Eine leise Verachtung schwang mit den Worten mit. Der Landstürmler führte den Häftling in die letzte Zelle. »Kamerad, leg dich gleich hin und wickle dich fest ein. Es ist kalt,« sagte er und trat aus der Zelle, schloß ab.

Peter Nirgend blieb lauschend stehen.

Jetzt hörte man die Leute vorne im Korridor. Er ging an die Tür, schlug fest mit den Fäusten an dieselbe, schrie: »Ich muß dem Herrn Unteroffizier noch was ausrichten!«

Und sein ganzer Körper zitterte.

Der Trupp kam den Korridor entlang, öffnete.

»Was ist's denn ?« fragte der Unteroffizier ärgerlich und trat ein. Die anderen blieben draußen.

»Werde ich erschossen?« fragte Peter unvermittelt.

»Quatsch! Festung wird's geben!« räsonierte der Unteroffizier: »Was wollen Sie denn?«

»Da – da ist eine Blutlache!« rief Peter hastig und deutete auf die Bodenfläche hinter der Pritsche. Der Unteroffizier trat einen Schritt näher heran und beugte sich vornüber, hinter die Pritschenecke. Jetzt war der Lichtkreis der Taschenlaterne nur noch ganz klein in der Nische. Peter machte einen ruckhaften Satz, stemmte blitzschnell sein Knie auf den Rücken des Korporals und schnitt mit aller Gewalt in dessen Hals, tiefer – tiefer. Das warme Blut rann über seine Finger. Der Körper des Ermordeten gab nach, hing schräg über die Pritsche.

Die anderen stürzten herein und warfen sich auf Peter, schlugen auf ihn ein, bis er liegenblieb.

Ihn überleuchtend, sagte ein Soldat zum Gefesselten: »Hund! Morgen stehst du an der Wand!«

Peter Nirgend schloß die Augen.

Nach einer ziemlichen Weile wurde die Tür wieder aufgeriegelt. Wieder erschien der hochgehobene Arm des Sergeanten mit der Petroleumlampe, nur diesmal sehr zitternd. Offiziere traten ein. Einer beugte sich über den Toten am Boden. Dann trugen zwei Soldaten die Leiche hinaus.

»Was haben Sie denn da gemacht!?« fragte der Major Peter.

Der schwieg. Kopfschütteln. Ein Soldat trat ein, stand stramm, erzählte den Hergang.

»Sowas heißt sich deutscher Soldat!« schnarrte der Leutnant beflissen.

Inzwischen trug man ein Tischchen herein. Die Lampe wurde daraufgestellt und der Gerichtsoffizier nahm das Protokoll auf. Nach der Vernehmung des gänzlich gebeugten, zusammengefallenen Sergeanten und des anderen Soldaten, trat der Leutnant abermals an Peter heran, stieß ihn: »Und Sie?«

»Was haben Sie anzugeben?« rief der Gerichtsoffizier gleichfalls über den Tisch.

Keine Antwort kam.

»Kerl!«

Schweigen.

Das Protokoll wurde verlesen.

»Geben Sie das zu?« fragte der Gerichtsoffizier den Angeklagten.

Dieser nickte stumm.

Kopfschüttelnd verließen die Offiziere den Raum. Zwei Soldaten der Baukompagnie 14 mit bajonettbepflanzten Gewehren blieben zurück. Der Tisch mit der Petroleumlampe gleichfalls. –

»Schuft!« knurrte einer der Wächter und versetzte Peter einen Stoß in den Leib. »Du sollst unsere Überstunden schmecken, Hund!« fluchte der andere und schlug ihm die Faust ins Gesicht.

Müde geworden, setzten sich die zwei Wachhabenden auf das trokkene Flecklein des Bodens und zündeten sich Zigaretten an.

»Kamerad! Einen Zug! Einen Zug!« wimmerte mit einem Male Peter flehend.

»Ah?« rief der Raucher hämisch, ging an den Gefesselten heran und hielt ihm die rauchende Zigarette unter die Nase: »Riecht gut, Herr Halsabschneider, hm?«

»Laß ihn doch! Er ist nicht wert, daß man ihn anschaut!« brummte der andere Soldat. Aber der Angesprochene ließ sich nicht abhalten.

Da reckte sich Peter stemmend, schrie: »Hasenfüße!«

»Halt die Fresse, Hund!« fielen die beiden ihn an und warfen ihn zurück, daß die Pritsche knarrte.

»Hasenfüße!« plärrte Peter wilder.

Die beiden hielten die Gewehrläufe drohend auf ihn gerichtet: »Noch ein Wort und wir knallen dich nieder!«

»Hasenfüße!« schrie Peter noch greller.

Die Wächter schlugen sinnlos auf ihn ein.

»Hasenfüße!« bellte der Gefesselte aus Leibeskräften: »Hasenfüße! Hasenfüße!«

Da schossen sie. Das Gehirn peitschte an die Wand.

Als der Sergeant und die Landstürmer schlotternd angestürmt kamen, standen sie wie geistesabwesend stramm. Erst als kurz darauf der Leutnant eintrat, meldeten sie zugleich: »Melden Herrn Leutnant, daß wir ihn erschossen haben, weil er uns Hasenfüße genannt hat.«

Der Leutnant warf einen flüchtigen Blick auf die Leiche, drehte sich herum und sagte befehlsmäßig: »Gut! Abtreten!« –

Tags darauf diktierte er dem Kanzleiunteroffizier folgende Meldung an das Oberkommando der östlichen Streitkräfte in die Maschine:

»Meldereiter Peter Nirgend, zugeteilt dem Stab der Eisenbahntruppen, wurde wegen Befehlsverweigerung inhaftiert. Weiterleitung des Verfahrens war dem Kriegsgericht der Etappenkommandantur übergeben.

Nirgend ermordete kurz nach seiner Einlieferung in die Arrestanstalt in seiner Zelle den Unteroffizier der Eisenbahnbaukompagnie 14 Joseph Thiele durch Durchschneidung des Halses. Sofortige Protokollaufnahme durch den Gerichtsoffizier ergab Mord. Exekution wurde auf andern Tag 9 Uhr festgelegt. Infolge fortgesetzter Widersetzlichkeiten gegen die Wachhabenden und Verhöhnung des Feldheeres, mußten die Pioniere Traugott Schloch und Otto Flemming von der Eisenbahnbaukompagnie 14 von der Waffe Gebrauch machen, was den Tod des Nirgend zur Folge hatte.« –

Wegen Nachlässigkeit im Dienst wurde der Arrestsergeant strafversetzt. –

Einige Wochen später stand in einem Tagesbericht des Oberkommandos:

»Wegen pflichtmäßiger Ausführung eines Befehls wurden ausgezeichnet mit dem Militärverdienstkreuz zweiter Klasse laut Beschluß des O.K.d. O.A.: der Pionier Traugott Schloch bei der Eisenbahnbaukompagnie 14, der Pionier Otto Flemming bei der Eisenbahnbaukompagnie 14.«

Michael Jürgert

I.

Alle Dinge sind eitel.« Immer kehrt dieses Wort wieder, wenn der Name Michael Jürgert in meiner Erinnerung auftaucht. Viele Male habe ich nachdenkend dieses Leben umschritten wie einen verfallenen, traurigen, rätselhaften Garten. Unruhig suchte ich nach dem Sinn dieses Ablaufs, trachtete danach, all die widerstrebenden Geschehnisse folgerichtig aneinanderzureihen, um möglicherweise ein erklärendes Bild zu finden, einen Abschluß, eine befriedigende Lösung.

Es gelang nicht.

Hoffend, daß mir vielleicht eine Stunde doch noch die Erleuchtung bringt, habe ich – so gut es ging – vorerst nur das nackte Tatsächliche aus diesem Leben aufgeschrieben, alles so, wie es sich zugetragen hat. Und hier ist es:

Michael Jürgert kannte seinen Vater nicht. Als er sieben Jahre alt war, erfuhr er von seiner Mutter so etwas wie ein Gestorbensein durch einen merkwürdigen Unfall. Und einmal beim Maitanz warf ein Knecht in sein Ohr, daß sein Vater »im Suff ertrunken sei«.

Darum, so hieß es, säße ja seine Mutter schon all die Jahre im Gemeindehaus und wisse nicht, von was sie leben sollte.

Der Bruder von Michaels Vater, der wegen einer Weibergeschichte »ins Amerika durch sei«, hüte sich wohlweislich, etwas von sich hören zu lassen, raunten sich die Dörfler zu, wenn die Rede von den Jürgerts ging. – –

Nach seiner Schulentlassung kam der etwas schwächliche Knabe als Knecht in den Reinaltherhof. Es waren vier Knechte und zwei Mägde da. Fünf Jahre stählten den wachsenden Körper, ergossen versteckten und offenen Spott auf Michael.

Auf Maria Lichtmeß, als er zwanzig Jahre zählte, wechselte er seinen Dienstplatz und trat beim Peter Söllinger ein, dessen Gehöft auf der runden Anhöhe vor dem Dorfe lag.

Rechts vom Söllingerhof, nah am Waldrand, hockte die baufällige Hütte des Gütlers Johann Pfremdinger, den man im ganzen Umkreis den »Letzten Mensch« hieß, weil er die bigotte alte Pfanningerin zur Haushälterin hatte und im allgemeinen sehr schlecht auf die Weiber zu sprechen war. Wenn man ihn ärgern wollte, brauchte man bloß eine junge Dorfmagd oder Bauerstochter des Sonntags an seinem Haus vorbeigehen zu lassen. –

Rundherum lagen die Felder Söllingers, weit verstreut die zwei Tagwerk Pfremdingers und oft, wenn der alte Häusler zur Erntezeit schwerfällig und mühsam auf den Fußwegen durch die Wiesen des Bauern ging, um auf seine Grundstücke zu gelangen, sagte der letztere mürrisch zu ihm: »Bist saudumm! – Wennst tauschen tätst mit mein' Rainacker, hättst alles ums Haus ... Aber mit dir kann man ja nicht reden!«

»Auf'm Rainacker wachst das nicht wie bei mir,« gab ihm der »Letzte Mensch« stets mit der gleichen Beharrlichkeit zurück und trottete weiter. – –

Die Jahre gingen, schwiegen. Der Peter Söllinger wurde unterdessen zum Bürgermeister gewählt und kam eines Tages in den Stall zu Michael, sagte: »Das geht jetzt nimmer, daß die Gemeinde deine Mutter aushält. Bist ein Mordstrumm Mannsbild worden und kannst selber für sie aufkommen. Der »Letzt' Mensch« wird sterben. Die Pfanningerin müssen wir ins Gemeindehaus tun.«

Michael nickte stumm.

»Da draußen kann's nicht bleiben, die Pfanningerin,« fuhr der Bauer fort, indem er eine verächtliche Geste in die Gegend des Pfremdingerhauses machte, »die alte Kalupp' paßt grad noch für ein' Heustadel.«

Und wieder nickte Michael stumm.

»Herrgott, bist du ein Stock!« stieß der Bauer heraus und ging kopfschüttelnd und brummend aus dem Stall. Die Knechte lachten. –

Michael ging nach Feierabend zu seiner Mutter ins Gemeindehaus und brachte ihr die Nachricht. Die alte Frau sah ihm nur in die Augen. Dann sagte sie: »Ja ja, ist ja auch wahr, die alte Pfanningerin ist ja auch älter als ich.« –

Spät, nachdem seine Mutter längst schlief, zählte Michael sein erspartes Geld. Zählte, zählte. Dachte, dachte. Rechnete, rechnete.

Am andern Tag, während der Arbeit, hielt er manchmal inne und schaute starr ins Leere. Des öfteren sah man ihn jetzt am Abend in die

Pfremdinger-Hütte gehen. »Was er nur immer beim ›Letzten Mensch‹ anfängt, das Hornvieh!? Möcht wohl gar Häusler werden?« spöttelten die Knechte, und Söllinger schaute dem fast furchtsam Davonschleichenden mit finsterem Blick nach. –

Die Sterbeglocken klangen dünn durch die Luft. Mit dem alten Pfremdinger ging es zu Ende. Die Pfanningerin, der Pfarrer – und Michael Jürgert standen in der niederen Kammer um das Bett. Dann kam noch die Jürgertin.

Ganz zuletzt erst wälzte sich der Häusler nochmal herum. Schon drehten sich seine Augen.

»Er soll's haben, Hochwürden! Aber die Hälft' gehört der Kirch'!« hauchte er schon röchelnd mit letzter Kraft heraus.

»In Ewigkeit, Amen,« murmelte sich bekreuzigend die alte Pfanningerin, und der Pfarrer sah Michael an, nickte ihm zu.

»Hab's denkt, daß er's kriegt, wenn er fleißig in die Kirch' rennt und um den Pfarrer herumscharwenzelt recht bigott! Sowas tragt immer was ein!« war ungefähr die übliche Bauern-Nachrede, als es verlautbarte, daß Michael das Pfremdinger-Anwesen vom »Herrn Hochwürden« zudiktiert« bekommen habe.

Acht Tage nach dem Begräbnis fuhr Michael auf einem Schubkarren die spärliche Habschaft seiner Mutter ins Pfremdingerhaus und am darauffolgenden Tag die Sachen der alten Pfanningerin ins Gemeindehaus. Hinter manchem Fenster stand ein spöttisch-spitzes Gesicht und sagte ungefähr: »D e r hat's leicht. Kann sein Zeug auf dem Schubkarren fahren.«

Gut ein Vierteljahr war Stille.

Wenn die Mäher beim Morgendämmern auf die Felder gingen, sang immer schon die Sense Michaels unter dem flinken Schleifstein. –

Dann kam das Unglück.

Die einzige Kuh, die im Jürgertstall stand, ging ein. Notschlachtung mußte vorgenommen werden.

Die Bauern kamen, musterten das Fleisch mißtrauisch, kauften, schimpften: »Ob er vielleicht nicht wisse, daß die Suppenbeine als Zuwag' dreingingen?« Und einige wieder sagten in beinahe mitleidigem Tonfall: »Ja, mein Gott, Bauer sein ist nicht so einfach! ... Sonst tät's ja jeder machen.«

Drei Wochen nachher begrub man die alte Jürgertin.

»Wärst' Knecht geblieben, wär gescheiter gewesen,« sagte Söllinger zu seinem ehemaligen Knecht, »wenn's einmal angeht, hört's nicht mehr auf.« –

Michael stürzte sich in die Arbeit. Der Pfarrer kam ein paarmal ins Haus, sah nach.

»Eine Kuh halt, eine Kuh, Herr Hochwürden!« murmelte Michael hin und wieder dumpf.

»Der Herr hat's gegeben – der Herr hat's wieder genommen,« antwortete der Geistliche nur. –

Und Michael verkaufte Heu und die zwei letzten Säcke Korn. Droben auf dem schmalen. Streifen, über den Söllingerfeldern, hatte er dieses im letzten Jahr noch gebaut. Vom Reinalther lieh er sich damals den Fuchsen und den Pflug, ackerte. Und seine Mutter humpelte hinterdrein und säte. – –

Es war Ferkelmarkt in Greinau. Die ganzen Bauern aus der Umgegend standen gruppenweise auf dem Platz vor der Gastwirtschaft »Zur Post«, handelten hartnäckig herum mit den Händlern und kauften endlich. Die eingepferchten Jungschweine machten einen Heidenlärm, die Pferde scharrten ungeduldig und wurden unsanft zurückgerissen. Die Wirtsstube war vollbesetzt. Aus und ein ging man, redete, schmauste, und knarrend und knirschend, in scharfem Trab, rollten die Wägelchen davon.

Schüchtern kam tief am Nachmittag Michael an. Die Bauern stießen einander, zwinkerten, tuschelten spöttisch.

»Jesus! Jesus! Jetzt wird's besser, der Michl kauft Ferkel!« lachte der pralle Postwirt aus einer Gruppe und alle richteten geringschätzige Blicke auf den Häusler. Schweigsam und scheu umschritt der die Ferkelsteigen. Es wurde schon leerer auf dem Platz.

»Paß fein auf, daß sie dir nicht im Sack ersticken, Michl!« warf der Söllinger rülpsend auf den Wagen steigend Michel zu, als er sah, daß dieser zwei lautgrunzende Jungschweine in seinen Sack zog. Sein hämisches Lachen schnitt die Luft auseinander. –

Dämmer stieg schon von den Feldern auf. Nacht sickerte gelassen vom Himmel. Michael schritt beschwerlich aus. Die Schweine rumorten immerzu im Sack auf seinem Rücken. Er mußte fest zuhalten, daß ein lahmer Krampf langsam in seine Arme rieselte. Aber die bogen sich wie aus Eisen von der Brust über die Schulter. –

Die Schritte hallten vereinsamt.

Stille. –

Jetzt waren auch die Schweine still geworden, ganz still. Auf einmal merkte es Michael. Ein Schreck durchfuhr ihn. Jähe Mattigkeit fiel bleischwer in seine Kniegelenke. Er rüttelte den Sack vorsichtig, fast wie einer, der zwischen Hoffnung und Angst vor der Gewißheit schwankt und nicht mehr aus noch ein weiß.

Nichts.

Er rüttelte stärker.

Nichts. –

Inzwischen war er an der schmalen Brücke, nah vor dem Hügel angelangt, auf dem das Söllingergehöft mit gelben Augen saß.

Der Bach murmelte gleichmäßig versunken.

Schweißtriefend zerrte Michael den Sack auf die Brücke, wollte – in unseliger Verzweiflung blitzhaft an den Spott Söllingers denkend – nachsehen. Da – da – wupp! – fiel der Sack in die Tiefe. Es platschte. Breite Ringe warf das Wasser und jetzt plärrten plötzlich die Schweine heulend auf. Es gurgelte etliche Male und war jäh grauenhaft still.

Mit einem furchtbaren Aufschrei sprang Michael ins Wasser, tappte wie ein schwimmender Hund ungelenk auf der Oberfläche herum, weinte, hustete, tauchte, schrie, brüllte. – – –

Am andern Tage fischten die zwei Knechte des Bürgermeisters den leeren zerrissenen Sack mit den Heugabeln aus dem Wasser und spießten ihn auf einen Zaunpfahl vor Michaels Häuschen. Dann klopften sie. Aber niemand gab an. –

Das ganze Dorf lachte knisternd.

Als man drei Tage niemanden aus- und eingehen sah beim Jürgert, schickte Söllinger den Nachtwächter und Gemeindediener Peter Gsott hinaus. Der klopfte wieder und wieder, drohte mit wütenden Flüchen, als niemand angab und holte dann den Schmied zum Türöffnen.

Die beiden fanden Michael in der Schlafkammer ganz starr auf dem Bettrand sitzend und wie irr ins Leere glotzend. Einen Augenblick zwang ihnen dieser Zustand Schweigen ab. Endlich sagte der Schmied: »Was hast' denn, daß' dich einsperrst, Michl?«

Aber der Angesprochene machte nur mit der Hand eine lahme, wegwerfende Geste. »Deinen leeren Sack haben die Söllingerknecht' gefunden! Die Ferkel selber sind ersoffen,« sagte dann der Gemeindediener. Als beide sahen, daß Michael beharrlich mit der gleichen Apathie antwortete, gingen sie und meldeten dem Bürgermeister, daß der »spinnerte Kerl« schon noch lebe. Er sei, meinten sie, nur ein wenig irr noch. –

Im Dorf ging daraufhin die Rede: »Der Michl hat's Spinnen angefangen wegen der ersoffenen Ferkel.«

Michael sah man nur ganz selten seit diesem Vorfall. Höchstenfalls
bog er einmal scheu ums Hauseck und eilte dem Wald zu. – – – –

Um diese Zeit kam zum Bürgermeister Söllinger eine seltsame
Nachricht aus Amerika, betreffend die Familie Jürgert und deren
Nachkommen. Der Bauer, der sich, wie er sich ausdrückte, »darin
nicht recht auskannte«, schickte zum Pfarrer und dieser entzifferte
endlich, daß die Familie Jürgert (Überlebende oder Nachkommen)
infolge des Todes eines Bruders des verstorbenen Vaters Michaels zur
Generalerbin einer außerordentlich hohen Hinterlassenschaft in ba-
rem Geld eingesetzt sei und den Betrag von einer Bank in Hamburg
einverlangen könnte, sobald der Nachweis der Erbberechtigung er-
bracht sei. –

Als der Pfarrer, der selber ein wenig zitterte, dies dem Söllinger aus-
einandersetzte, erbleichte dieser sichtlich und sank wie vom Schlag
getroffen in einen Stuhl.

»Ruhig beibringen, ist das beste. Ich geh' selber zu ihm hinaus,«
sagte der Geistliche nach einigem Schweigen, nahm seinen Hut, steckte das Papier zu sich und begab sich zu Michael.

Ins Haus getreten, bemerkte er diesen dösig neben dem Herd hok-
kend, und als der geistliche Herr in sanftem, vorsichtigem Tonfall seinen Namen rief, sprang er plötzlich auf, schlüpfte, so schnell es nur
ging, furchtgepackt in das rußige Holzloch unter dem Ofen und gab
keinen Laut von sich. Eine gute Weile stand der Geistliche ratlos da.
Endlich fand er wieder zum Entschluß zurück.

»Geh heraus, Michl,« sagte er sanft, »wir wollen wieder eine Kuh
kaufen und Ferkel.«

Michael räkelte sich erst und schlüpfte dann vollends aus dem Loch.
Seine Blicke waren mit einer schmerzvollen Bitthaftigkeit auf den
Pfarrer gerichtet.

»Und dein Häusl, Michl, das werden wir auch wieder richten lassen.
Es ist arg baufällig,« ermunterte dieser den Zögernden. Und als Michael endlich aufrecht stand, nahm ihn der Gottesmann mild am Arm
und zog ihn sacht hinaus ins Freie.

Frische Frühe lag über den Feldern. Die Wiesen dufteten schwer.
Die Sonne stieg langsam in die Mittagshöhe. –

Wie zwei Kranke schritten die beiden dahin. Der Söllinger wagte nicht herauszutreten, als sie vorbeikamen. Er lugte nur schweigend durchs Fenster.

Im Pfarrhaus angekommen, sagte der Geistliche zu Michael: »Du mußt jetzt eine Zeitlang bei mir bleiben. Die Marie wird dir ein Zimmer einrichten, bis dein Häusl fertig ist. Bis dahin ist auch wieder Viehmarkt in Greinau.«

Und als verstünde er von alledem nichts, als höre er nur eine erleichternde Melodie aus den Worten, stand Michael da und schwieg. Allmählich glättete sich sein bangvolles Gesicht und eine aufatmende Ruhe glänzte in seinen Augen.

Drei stille Wochen glitten hin. Jeden Tag saßen die zwei zusammen in der Pfarrstube oder gingen wohl manchmal im Garten umher. Langsam wurde Michael ruhiger. Aber von Zeit zu Zeit konnte man ein böses Aufblitzen auf seinem knöchernen, schweigend gefalteten Gesicht wahrnehmen. Die väterliche Arglosigkeit seines Pflegers aber machte ihn nach und nach etwas zutraulicher und offener. Manchmal des Abends, wenn der Geistliche aus einem Betbuch laut einige Stellen vorlas, hob der Häusler den Kopf und lauschte sichtlich aufmerksamer. Ein friedlicher Hauch hob Stück für Stück von dem Feindseligen ab, das hinter den Falten brütete, und lebendiger kreisten seine Augen.

Endlich nach einem Monat eröffnete der Pfarrer seinem Pflegling die Nachricht aus Amerika.

Michael hörte stumm zu. Er schien anfänglich nicht zu begreifen. Dies erkennend, legte der Geistliche das Papier auf den Tisch.

»Du bist jetzt ein reicher, sehr reicher Mann geworden, Michl,« sagte er, »du kannst dir hundert Kühe kaufen, ein Haus und soviel Ferkel, als du willst. Es ist von jetzt ab keiner mehr im ganzen Umkreis, der nur ein Drittel soviel Geld hat wie du. Begreifst du? Gott hat dir geholfen. Es geht alles seinen gerechten Gang, wenn er es will.«

Michael schien die letzten Worte nicht mehr zu hören. Seine Augen waren auf einmal weit geworden. Eine Gier flackerte in ihnen und der ganze Ausdruck seines Gesichts war plötzlich völlig verändert.

»Ich – ich kann also auch das Söllingerhaus und das vom Reinalther kaufen?« fragte er hastig und gedämpft,

»Das kannst du, wenn sie wollen,« nickte der Geistliche, »du kannst zehn solche Häuser kaufen, wenn du willst.«

»Zehn … ! ?« stieß Michael lauernd heraus und bohrte seine Blicke in die Augen des Pfarrers.

»Es ist sehr viel Geld,« gab der zurück.

»Und,« fuhr Michael noch leiser, fiebernd vor Unruhe, scheu, als lausche an den Wänden irgendein ungebetener Gast, fort: »Und ich krieg' das ganze Geld in die Hand. Ich brauch' nur schreiben lassen?«

»Ja, wenn Du willst.«

»Ja ...!! Ja, gleich! Gleich! Ich will!« schrie Michael verhalten.

»Gut,« sagte der Pfarrer und ging an den Tisch, »ich schreibe.«

»Und ... und die Häuser vom Söllinger und – und vom Reinalther?« fragte Michael beharrlich.

»Die ...? Ich kann mit ihnen reden,« antwortete der Geistliche, während er schrieb. Dann ließ er Michael unterzeichnen. –

II.

Im Dorf ging ein Schweigen um. Langsam verbreitete sich die Kunde von Michaels Erbschaft. Betroffenen Gesichts raunten sich die Bauern die Neuigkeit zu. –

Der Baumeister von Greinau, Michael Lindinger mit Namen, wurde ins Pfarrhaus geladen. Michael lächelte schräg, als der Mann eintrat und beauftragte ihn, einen Plan für ein neues Haus zu bringen. Trotz der Einwendungen des Pfarrers wurde der Umbau des alten Anwesens abgelehnt.

Michaels Rede war jetzt sicher geworden, fast bestimmt.

»Ein neues Haus muß her!« sagte er beharrlich.

Und der andere Michael erwiderte pfiffig: »Ja – schon lieber was Neues als Flickwerk. Das taugt ein paar Jahr', dann geht's wieder von vorn' an.«

Diese Beipflichtung entwaffnete den Geistlichen. Der Plan wurde gefertigt. Der Auftrag gegeben. Die ehemalige Pfremdinger-Hütte krachte zusammen mit allem, was sie barg. So hatte es Michael gewünscht, steif und fest. Alles Dawider des Pfarrers nützte nichts.

Krachte zusammen.

Und die Dörfler standen herum, schwiegen, staunten, starrten. Vom Pfarrhausfenster aus überschaute Michael den Vorgang.

Auf einmal begann der Hausrist zu wanken, bröckelte, krachte. Die Herumstehenden rannten auseinander und zuletzt war minutenlang eine ungeheure Staubwolke. Dann, als es wieder lichter geworden war, lag ein riesiger Trümmerhaufen da.

Deutlich sah Michael, wie einige die Köpfe schüttelten. Eine Weite dehnte seine Brust.

»Das ist nicht recht,« rief der Pfarrer hinter ihm. Michael hatte ihn nicht eintreten hören und riß sich erschrocken herum. Reglos und stumm standen sich die beiden gegenüber. –

Seitdem begegnete Michael seinem Pfleger mit verstocktem Schweigen. Mied ihn. –

Der Bau wurde begonnen. Jeden Abend kam Lindinger ins Pfarrhaus und berichtete über den Stand, machte Vorschläge, legte Rechnungen vor.

Sein fast beteuerndes, sich immer wiederholendes: »S'ist wahnwitzig teuer, die Sach', wahnwitzig teuer,« ließ Michel lächeln.

»Macht nichts, macht gar nichts,«erwiderte er stets.

»Ja – es ist gut, daß' wieder Arbeit gibt,« meinte dann der Maurermeister meistens und ging. Kaum war er draußen, schrumpfte Michaels Gestalt im Lehnstuhl zusammen. Das Kinn schob sich vor. Nur die Pupillen kreisten im Raum. –

An einem der Abende, als eben der Maurermeister das Zimmer Michaels verlassen hatte, trat der Pfarrer ein. Michael erhob sich und wandte ihm den Rücken zu. –

»Gelobt sei Jesus Christus!« brachte der Geistliche nach einigem Schweigen heraus.

Ohne sich umzuwenden, nickte Michael. Dann ging er ans Fenster, deutete in die Talmulde, die der erste Mond silbern bestrich.

»Hähähä – hä! Wird hoch der Turm, hoch!« keuchte er, reckte den Kopf störrisch vor, nahe an die Scheibe: »Wenn man ganz droben ist, müssen schon die Wolken angehen!«

Unschlüssig stand der Geistliche. Schwieg.

»Zum Söllinger kann ich hinunterschaun und aufs ganze Dorf!« redete Michael weiter, ohne ihn zu achten.

»Die zwei Kirchenfenster?« fragte endlich der Geistliche fast schüchtern und hielt plötzlich mitten im Wort inne, als sich Michael nunmehr hastig umwandte.

»Zwei ... ?! Sechs! Sechs Fenster ... – und neue Glocken, damit ich's hör' in der Früh!« überflügelte dieser ihn, »da muß die Luft zittern, wenn die läuten! – Schafft sie an! Morgen! Gleich! Gleich! Und drei neue Meßgewänder! – Müssen fertig sein zum Jahrtag meiner Mutter! Bestellt's! Bestellt's auch gleich! – Gleich!«

Wie von einem wilden Strudel dahergetragen stürzten die Worte heraus. –

Mit sehr ernstem Gesicht verließ der Pfarrer fast traumwandlerisch das Zimmer. Lange noch hörte ihn die Marie im Zimmer auf- und abgehen und laut beten.

Klare, kalte Märztage zeigten das hereinbrechende Frühjahr an. Michael ging manchmal aus. Selten suchte er den Bau auf. Nie beschritt er ihn. Immer bog er scheu ums Dorf und stapfte auf die Sandgrube zu, aus der man den Kies für sein Haus holte. Es schien ihn dort etwas zu interessieren. Er stand meistens oben am Rand und überschaute die zackige Mulde.

Böhmen und Italiener arbeiteten auf Taglohn dort und sprengten hin und wieder einen Felsen, wenn an einer Stelle der Kies ausging. – Eben lud man wieder. Michael war ganz nah herangekommen, stand wie witternd, mit spähendem, vorgebeugtem Kopf da und sah aufmerksam auf jede Bewegung des Lademeisters.

»Und das – das reißt alles ein? – Mit einem Krach?« fragte er diesen gespannt. Der Mann nickte und murmelte ein paar unverständliche Worte.

Dann entzündete er ein Streichholz und steckte die Zündschnur an. Alles rannte aus der Grube, wartete bis es knallte.

Als dies geschehen war und die Leute wieder in die Grube zurückgingen, sah man Michael im Türrahmen des Werkmeisterhauses stehen. Er ließ sich das Pulver zeigen, rieb es merkwürdig lange auf seiner flachen Hand und sagte harmlos zum Werkmeister: »Und so ein Staub hat's drinnen, daß alles in die Luft fliegt? – Hm – hm – hm!« Ging wieder. –

Der Nachtwächter Peter Gsott glaubte bemerkt zu haben, daß eine männliche Gestalt am Rand der Sandgrube auftauchte, sich schwarz vom bleichen Mondhimmel abhob, dann aber plötzlich, wie in den Erdboden gesunken, verschwand.

Der Werkmeister schimpfte die Sprenger, daß sie soviel Pulver brauchten. Es entstand ein Streit. Ein Italiener brüllte, daß die ganze Grube hallte. Auf einmal kam man ins Handgemenge. Ein furchtbares Raufen entstand. Der Werkmeister bekam einen Schlag auf den Kopf und mußte ins Krankenhaus gebracht werden. Am andern Tag verhafteten die Gendarmen von Greinau zwei Böhmen und einen Italiener, der beim Söllinger auf der Tenne logierte. Er hatte sich im Taubenschlag verkrochen und als man ihn herunterholte, stieß er furchtbare Drohungen auf den Bürgermeister aus, die aber niemand verstand. Anscheinend glaubte er, die Leute hätten ihn verraten.

Michael begegnete der Haftkolonne und sah sich die drei Burschen sehr genau an. Später trat er ins Bürgermeisterhaus und öffnete die Stubentür hastig. Der Söllinger war im Augenblick so erstaunt, daß er förmlich aufschrak und kein Wort fand. Säulenstarr stand er da und heftete seinen Blick auf den nähertretenden Michael. Gemessen kam dieser heran, ganz nahe und eine ungeheure Spannung lag in seinem Gang.

»Gibst dein Haus nicht her?« fragte er den stummen Bauern lauernd.

»Nicht?« wiederholte er, als der verneinte und maß ihn scharf von der Brust bis zur Stirn.

»Ich ...!?« fand endlich der Söllinger das Wort.

»Ja?«

»Solang ich leb' nicht!« schrie der Bürgermeister schroff, als wolle er sagen: »Was willst denn du auf einmal bei mir?«

»Es paßt mir nicht vor meinem Turm,« sagte Michael tonlos und spröde und lächelte höhnisch in sich hinein. Draußen, vor der Tür, hörte er noch den Schlag der Söllingerfaust auf die Tischplatte.

III.

Richtig, der eine von den Böhmen lud damals den Felsen, erinnerte sich Michael. Und der Italiener, der aus Söllingers Taubenschlag geholt worden war, stand neben ihm, als es krachte. Dem konnte man nichts nachweisen und mußte ihn nach vier Tagen wieder aus dem Amtsgerichtsgefängnis entlassen. Nun strolchte er mit finsterem Gesicht herum, und da bei den Bauern von alt her der Aberglaube herrschte, daß solche Kerle, mit ihren Verwünschungen kraft einer innewohnenden dämonischen Macht Schaden und Unglück anrichten könnten, so wagte keiner etwas gegen sein Kampieren in Heustädeln und Tennen einzuwenden. –

An einem Aprilnachmittag traf ihn Michael auf der Wildstraße, ging entschlossen auf ihn zu und sprach ihn an.

»Habt's keine Arbeit mehr kriegt?«

Offenbar verstand der Angesprochene dies, denn er nickte finster.

»Geht's zu meinem Bau. Verlangt's den Lindinger und sagt's, ich hab Euch geschickt,« sagte Michael.

Am andern Tag schleppte der Italiener auf dem Bau Mörtel. – Das Haus wuchs. Der Turm der Vorderfront bedurfte nur noch des Dachstuhls. Beim Söllinger wurde eingebrochen. Man nahm wieder den Italiener fest, obwohl ihn niemand angezeigt hatte. Da man ihm aber nichts nachweisen konnte, entließ man ihn abermals. Michael traf ihn am Pfarrhaus, nickte schon von weitem grüßend und hatte ein Lächeln wie ungefähr: »Gut so!« Und wieder arbeitete der Italiener auf dem Bau, finster gegen jedermann, verschlossen und wortkarg, nur etwas aufgetaner zu Michael. –

Die Kirche war nun jeden Sonntag drückend voll. Die sechs Fenster strahlten ihren vielfarbigen Prunk über die Köpfe der Betenden. Einen Monat später erschollen die neuen Glocken erstmalig. Und in der Luft schwang ein Surren weithin. Wenn man jetzt Michael sah, lag über seinem Gesicht etwas wie ein leuchtender, verschwiegener Triumph.

Der April zerging in Regen, Schneegestöber und flüchtigen Sonnentagen. Die ersten Maitage ließen die grauweißen Wände des Neubaus sehr schroff leuchten. Man konnte Michael manchmal mit dem Baumeister durch die Räume schreiten sehen. Die Schreiner brachten Möbel. Es ging dem Vollenden zu.

Es war wahr, was der erste Knecht vom Reinalther sagte: »Einen solchen Stall trifft man so schnell nicht mehr.« Und: »Eine Lust müsse es sein, dort zu arbeiten.«

Aber der Söllinger warf verächtlich hin: »Was hilft ihm das schöne Haus und alles, wenn er kein Grundstück hat!«

Und aus den Reden der Dörfler am Biertisch konnte man deutlich heraushören, daß keiner bereit war, auch nur ein Tagwerk von seinen Gründen abzugeben.

»Unser Heu bleibt unser Heu,« sagte der Gleimhans. Und alle nickten.

»Der kommt schon und will einen Grund! – Aber da bleibt ihm der Schnabel sauber!« brummte der Reinalther.

Der Söllinger blickte düster drein und schwieg. –

Pfarrer und Ministrant gingen mit Michael durch die Räume des neuen Hauses, beweihräucherten und besprenkelten alles. Eine Woche später trieben drei Viehtreiber wohl an die zwanzig Kühe auf der Straße von Greinau her ins Dorf und lieferten sie bei Michael ab. Der wohnte schon vier Tage in seinem Haus. Zwei fremde Mägde, ein Knecht und jener Italiener, den man von der Sandgrube davongetrieben und verhaftet hatte, waren da. Und Heufuhren kamen an. Ganz fremde Gesichter blickten von den leeren Wagen herunter, die durchs Dorf ratterten.

»Wenn er jeden Pfifferling kaufen muß, wird die Herrlichkeit bald ein End' haben,« brummten die Bauern, »mit den paar lumpigen Wiesen kann er grad' eine Kuh füttern.«

Nach etlichen Wochen kam eine Magd Michaels zum Reinalther und zum Gleimhans und richtete aus, die Bauern sollten zu ihm kommen.

»So –!? Sonst nichts ... ?!« rief der Reinalther höhnisch und schaute das dralle Frauenzimmer hämisch an, »sagst, er soll sich einen andern Dummen suchen!«

Und –: »Der hat grad so weit zu mir her!« fertigte der Gleimhans die Botschaftbringerin ab. –

Gleichsam, als hätte man sie ohne jeden Grund persönlich beleidigt, kam die Magd zurück und berichtete Michael das Verhalten der beiden Bauern.

»Geh! – Ist schon gut!« schnitt dieser ihr das Wort ab, als sie gesprächiger werden wollte. Seine Züge veränderten sich nicht. Nur seine Augen glommen einmal funkelnd auf. –

In der Wirtsstube Simon Lechls herrschte diesen Abend ein belebteres Gespräch.

»Jetzt wird er langsam angekrochen kommen und Gründ' wollen,« brummte der Reinalther.

»Da kann er alt werden!« erwiderte der Gleimhans. Und alle nickten.

»Mit seinem Geldhaufen ist er gar nichts !« sagte der Lechlwirt: »Gründ' machen den Bauern!«

»Das ist's!« bestätigte der Söllinger.

Und wieder nickten alle. –

IV.

Die Jahre verstrichen. Das kahle, grell leuchtende Haus am Waldrand nahm mehr und mehr eine verwitterte Farbe an. Bisweilen, wenn die Scheune leer war, sah man die schwarze Kutsche Michaels in scharfem Trab aus dem Dorf rollen, Greinau zu. Vorne auf dem Bock saß der Italiener mit finster gefaltetem Gesicht und schaute nicht nach links und nicht nach rechts.

An den darauffolgenden Tagen knarrten dann meistens schwerbeladene Heufuhren auf der Greinauer Straße daher und fuhren durchs Hoftor Michaels.

»Nette Wirtschaft!« brummten die Bauern: »Jeden Büschel Futter muß er kaufen!« Und halb war es Mißmut, halb Schadenfreude, was auf ihren Gesichtern stand. Die Ernten in dieser Gegend waren mehr als überreichlich. Die Aufkäufer, die aus der Stadt kamen, hatten es leicht und konnten anmaßend sein. Sie minderten die Preise, wo und wie immer es nur ging. Die Transportkosten bis zum Bestimmungsort mußten die Bauern tragen. Es kostete stets einen ganzen Tag Zeit, wenn ein Dörfler seinen verkauften Hafer, sein Korn oder Heu nach Greinau auf den Bahnhof fuhr und dort in den Waggon lud. In die »Ferkelburg« aber, wie man Michaels Haus nannte, fuhren fremde Heuwagen! –

Michael war fast nie zu sehen. Er saß in seiner Turmkammer und sann. Grübelte, als warte er auf etwas. Gleichmäßig und ereignislos verlief die Zeit.

Durch irgendeinen findigen Kopf angeregt, war die ganze Dörflerherde um Greinau darauf gekommen, daß eine Eisenbahnlinie gerade in dieser Gegend notwendig sei. Eine Vereinigung bildete sich, wurde »Lokalverband der Eisenbahninteressenten« genannt. Eine Eingabe um die andere bestürmte das Ministerium. Die Regierung nahm endlich Kenntnis davon, der Landtag sprach sich befürwortend aus. Die Eisenbahnlinie wurde genehmigt. –

Michael verfolgte die Berichte im »Greinauer Wochenblatt« eifrig. Man sah ihn jetzt öfters am Gemeindekasten vor dem Bürgermeisterhaus stehen und die Anschläge lesen. Vom Söllingerhügel aus konnte man das ganze hingebreitete Land übersehen.

Da stand er auch.

Und nicht selten. Oft sogar lange. –

An jenem Tag, da die amtliche Bekanntmachung von der Genehmigung der Eisenbahnlinie angeschlagen war, wandte er sich behend, wie von einer verhaltenen Freude ergriffen, herum und überblickte die Weiten.

»Hm! – Jetzt!« stieß er plötzlich heraus, nickte etliche Male und ging zuversichtlicher von dannen.

Erst nachdem er in der Tür der Ferkelburg verschwunden war, trat der Bürgermeister aus seinem Haus und heftete die Bekanntmachung der großen Versammlung im Gasthaus »Zur Post« in Greinau in den Kasten.

Am darauffolgenden Sonntag war der Tanzsaal der Postwirtschaft zum Bersten voll. Die Bauern aus der ganzen Umgebung waren zusammengeströmt. Die bejahende Entschließung der Regierung wurde bekanntgegeben. Die ganze Versammlung brüllte und klatschte begeistert.

»Eine Bahn muß her!« erscholl von allen Seiten. Es gab schwere Räusche. –

Schon nach einer knappen Woche erschienen die Vermessungsbeamten im Dorf und wurden mit ehrwürdiger Neugier empfangen, durchschritten die Felder, steckten weiß-rote Stangen auf, kamen immer näher an die Häuser heran, zogen eine Linie durch Reinalthers Garten, über das Gehöft Söllingers hinweg. –

Die Hände in den Hosentaschen, schweigend und gewichtig, sahen ihnen die Bauern erst zu.

»Also so ging's?« fragte der Gleimhans einen Vermesser.

»Jawohl, ganz so,« erwiderte dieser und war schon wieder weiter.

»Hm!« brummte der Gleimhans, hob den Kopf und sah den Reinalther verwundert an.

»Müßt also mein halber Garten weg?« sagte dieser und sah den Geometern nach. Die entfernten sich mehr und mehr. Weiter ging es – über das Gehöft Söllingers hinweg.

»Hoi – Hoi! Da wär demnach das ganze Bürgermeisterhaus im Weg!« stieß jetzt der Reinalther fast entsetzt heraus und sah betroffen, mit offenem Maul, auf Gleimhans.

»Das wird sauber! – Gibt's nicht!« schrie dieser wütend und straffte seine Gestalt.

»Und – schau nur! – durch meine schönsten Gründ' gings'!« rief der

Reinalther, als eben die Vermesser die Linie durch seine Weizenlande zogen, fäustete seine Hände drohend und polterte gleichfalls: »Gibt's nicht!«

Und auf der Stelle gingen die beiden zum Söllinger hinauf und erhoben lebhaften Einspruch gegen dieses Vermessen.

»Dein Haus soll weg! Dein Haus, Söllinger! Und unsere schönsten Gründ' wollen's!« schrie der Reinalther aufgebracht. Und der Gleimhans, der sich schon wieder ermannt hatte, sagte drohend: »Sollen kommen« und mir durch meinen Acker bauen!«

Der Bürgermeister war wutrot bis hinter die Ohren, schlug gewaltig in den Tisch und rief ebenfalls: »Gibt's nicht! Gleich morgen fahren wir zum Bezirksamtmann!«

Als die beiden Bauern aus dem Bürgermeisterhaus traten, stand Michael am Rande des Hügelrückens und sah den Vermessern gespannt nach.

»Hm, – der Michl!« brummte erstaunt der Reinalther.

»Den freut's, weil's ihm keine Gründ' nehmen können!« stieß der Gleimhans wütend heraus. –

Das ganze Dorf war am nächsten Tag in Aufruhr. Man riß überall die weiß-roten Stangen heraus, zerbrach sie. In aller Frühe schon fuhren Söllinger, der Gleimhans und Reinalther nach Greinau zum Bezirksamtmann und verlangten schimpfend eine sofortige Regelung der Angelegenheit. Sie schrien, fluchten und drohten zuletzt auf das gefährlichste. Der Bezirksamtmann rannte erregt in seinem Arbeitszimmer auf und ab, gewann aber dann die Ruhe wieder und zuckte mit den Achseln: »Ja, meine Herren, wenn keiner durch seinen Acker die Linie laufen läßt, dann gibt es eben keine Bahnstrecke!«

»Wir pfeifen auf eine!« riefen die drei Bauern zugleich.

Der Bezirksamtmann machte ihnen klar, daß der Beschluß der Regierung nicht rückgängig gemacht werden könne, daß doch angemessen entschädigt werde und daß »die Herren der betreffenden Instanzen doch keine Kindsköpfe seien und doch – –«

»Das ist uns gleich! Die Bahn kommt nicht! So nicht!« fuhr ihm der Söllinger ins Wort und vertrat starrköpfig den Standpunkt seiner Begleiter.

Schließlich nach langem Hin und Her wurde beschlossen, eine Versammlung der »Eisenbahninteressenten« einzuberufen. –

Bis auf die Straße heraus standen am nächsten Sonntag die Bauern, die sich beim Postwirt in Greinau zusammengefunden hatten. Zeitweilig entstand ein gefährliches Gedränge nach der Saaltür. Furchtbar stürmisch ging es zu. Ein Regierungsvertreter war erschienen. Er wurde niedergeschrien, als er betonte, daß »wenn die Abgabe der Gründe nicht gutwillig geschähe, einfach abgeschätzt würde.« Einfach abgeschätzt! – Einfach abgeschätzt!!! Was sollte denn das heißen? Etwa gar, daß einem einfach die Äcker genommen würden!? Die Bauern wurden wild, standen auf, richteten sich drohend gegen die Tribüne. Die auf der Straße Stehenden zwängten sich gewaltsam herein.

»Gibt's nicht!« schrie der ganze Chorus. Ein ungeheurer Lärm erhob sich. Alles machte Miene anzugreifen. Der Bezirksamtmann fuchtelte völlig ratlos mit den Armen. Der Assessor schwang wehrlos die Glocke. Es half alles nichts. Der Lärm wurde nur noch ärger.

»'naus! – 'naus! 'naus aus unserm Gau!« brüllte der ganze Saal. Saftige Grobheiten flogen den Herren da droben an den Kopf.

Als nichts mehr auf die tobende Schar einwirken konnte, schrie der Bezirksamtmann heiser: »Die Versammlung ist geschlossen!« und verschwand eiligst mit dem Herrn von der Regierung. Die rebellischen Bauern wurden allmählich wieder ruhiger, betranken sich weidlich und hielten die Sache für gewonnen.

Ohne besonderen Zwischenfall verliefen die nächsten Tage. –

In seinem Turmzimmer ging Michael auf und ab, blieb hie und da stehen, hob rasch den Kopf und lächelte schmal. Und früh am Morgen, hin und wieder, schritt er über die nebeligen Felder. –

Inzwischen wurde der Bau der Eisenbahn im Landtag zum Beschluß erhoben. Soweit ließ man sich noch ein, daß man Söllingers Haus umkreiste. Dafür aber lief jetzt die Linie durch seine besten Getreideäcker. Und war beschlossene Sache! Nächstes Frühjahr sollte die Strecke in Angriff genommen werden.

Beim Söllinger liefen die amtlichen Schriftstücke über die abzutretenden Grundstücke ein. Die Bauern standen vor den Anschlägen mit verbissenen Gesichtern, brummten und fluchten. Eine furchtbare Erbitterung hatte das ganze Dorf ergriffen. Aber es half alles nichts. Alles nichts!

Und die Schätzpreise waren spottniedrig.

Es gab kein Zurück mehr. Mißmutig fügten sich die Bauern.

»Eine Bahn! Eine Bahn! hat alles geschrien! – Jetzt haben wir's!«

polterte der Gleimhans beim Lechl; »ich hab's immer schon gesagt: es kommt nichts Besseres nach! Wo man mit der Regierung zu tun hat, ist Schwindel!«

Und die anderen, die am Tisch saßen, sahen ihn finster an. Finster und besiegt, überlistet und ratlos.

»Müssen ja doch! Hilft uns alles nichts!« brummte der Reinalther und spuckte wütend aus. Und manchmal sagte ein Verärgerter: »Ach was, – ich verkauf mein ganzes Zeug dem Jürgert und mach' ihm einen saftigen Preis! Dann kann der sich mit der Regierung herumstreiten!«

Kaum einer – so schien es – hörte darauf. Aber dann wiederholte es sich des öfteren. Schüchtern klang es erst. Allmählich erzeugte es nachdenkliche Gesichter und dann – dann sah man eines Tages den Reinalther aus der »Ferkelburg« herausgehen. Keiner fragte nach dem Grund dieses Besuches. Zwei-, dreimal wiederholte er sich und wieder einmal fuhr die schwarze Kutsche aus dem Tor der »Ferkelburg«. Reinalther und Michael saßen hinten drinnen, der Italiener auf dem Bock. Es ging Greinau zu.

»Warum hast deine Alte nicht mitgenommen?« fragte Michael im Dahinfahren.

»Brummt und brummt bloß! Hat keinen Verstand für so was!« antwortete der Bauer mit leichtem Ärger.

»Hat's doch schön jetzt! Kann sich in die Stub'n sitzen und privatisieren!« meinte Michael fast ermunternd.

»Freilich! Das hab ich ihr doch schon hundertmal gesagt! Aber sie meint halt immer: Der Feschl! Der Feschl – wenn er von der Fremd' kommt – könnt' eine schöne Metzgerei aufmachen und hat jetzt auf einmal keine Heimat mehr!« redete der Reinalther in die Luft, als spräche er mit sich selbst.

»Aber Geld hat er! Einen Batzen Geld!« erwiderte Michael darauf. Und der Bauer nickte: »Das mein' ich eben auch!«

Nachdem sie das Notariat verlassen hatten, lag auf Michaels Gesicht eine freudig erregte Farbe. Er lud den Reinalther sogar zu einem richtigen Schmaus ein und der wurde nach dem zweiten Krug schon gesprächig.

»Wären noch andere im Dorf, die ihr Zeug anbringen möchten, sag ich dir, Michl, brauchst dich bloß dranmachen,« schwatzte er vertraulich über den Tisch.

»Brauchen bloß kommen, – alle nimm' ich!« gab ihm Michael zurück.

Über Reinalthers Gesicht huschte eine wohlige Röte. Offen und richtig freundschaftlich betrachtete er seinen ehemaligen Knecht.

»Weiß dich noch, wie'st mein Knecht warst, Michl,« erzählte er, »hätt'st dir auch den Buckl krumm gearbeit', wenn dein Amerikaner nicht ins Gras 'bissen hätt'!«

Und Michael nickte und schloß mit einem: »Jaja, so ist's auf der Welt hie und da!« Dann fuhren sie wieder ins Dorf zurück.

Der Reinalther durfte in seinem Haus bleiben und saß von jetzt ab Tag für Tag beim Simon Lechl in der Wirtsstube. Oft kam er angeheitert nach Hause. Dann brummte sein Weib: »Wirst noch grad so wie der ersoffene Jürgert.«

»Hab'ns doch, Alte! Hab'ns doch!« gröhlte dann der Bauer bierselig heraus. –

V.

Wie immer bei solchen Gelegenheiten, griff die Veränderung der Sachlage mehr und mehr in das Leben eines Teiles der Dörfler ein.

Die Kleinhäusler fristeten hierzulande ein hartes Dasein. Ihre kärglichen Feldstreifen trugen wenig. Jeder von ihnen war gezwungen, zur Erntezeit und während des Winters, beim Holzen, bei den Bauern auf Taglohn zu arbeiten. Dieser Verdienst war, wie man sich auszudrücken pflegte, »zum Leben zu wenig und zum Sterben zu viel.«

Diesen Leuten kam der Bahnbau gelegen. Es gab erträgliche Löhne dort.

»Da hab ich meinen Batzen Geld, basta! – Und brauch' nicht bitten und betteln bei den Bauern,« äußerte sich der Fendt, dessen baufällige Hütte am Dorfausgang stand. »Ich bleib' überhaupt nicht mehr da,« sagte der Rieminger, »ich verkauf mein Häusl dem Jürgertmichl und mach' eine Wäscherei auf in der Stadt. Da hab' ich auf niemand aufzupassen!«

Und so geschah's auch.

Kaum ein halbes Jahr rann hin, da hatte Michael auch das Fendthäusl und den baufälligen Reishof gekauft. Die beiden Häusler bekamen eine saftige Summe und konnten in ihren Häusern bleiben. Michael verlangte nicht einmal Mietzins von ihnen. Das trug sich herum von Ohr zu Ohr. Mit einer gewissen Achtung sprach man davon. –

Der Bahnbau war in vollem Gange. Durch Gleimhansens Äcker trampelten die Arbeiter, dicht hinter dem Söllingergehöft, in den Weizenlanden wühlten sie den Kot aus der Erde. Mit verbissenen Gesichtern schauten die Bauern auf ihre verwüsteten Äcker. Viel Fremdvolk war unter den Arbeitern. Italiener und Böhmen. Es gab Einbrüche, nächtliche Raufereien und Messerstechereien. –

Die Söllingerin bekam die letzte Ölung. Nach einigen Tagen starb sie. Das ganze Dorf und viele Bauern aus der Umgebung standen um das Grab. Die Glocken trugen ihr Läuten durch die Luft.

Der Reinalther sagte beim Leichenschmaus im Wirtshaus zum Söllinger: »Was hast' von dei'm Leben, Bürgermeister? Deine zwei Söhn' sind ja doch schon städtisch, da will keiner mehr an die Mistgabel und an den Pflug!«

Finster sah der Söllinger ins Leere und erwiderte kein Wort. Seine zwei Söhne, der Martin und der Joseph, saßen da und schwiegen gleichfalls. Zwei flotte Burschen waren sie, sahen gar nicht mehr bäurisch aus, studierten in der Stadt und hatten runde, selbstbewußte Gesichter, auf denen ein überheblicher Stolz glänzte.

Der Bürgermeister stand auf einmal auf und ging.

Es war Erntezeit. Die Straße führte an den ehemaligen Reinaltherfeldern vorbei und an der Breite des Ignatz Reis. Da arbeiteten die Knechte Michaels und der Italiener beaufsichtigte sie. Er war ein schweigsamer, finsterer Geselle mit unheimlich tiefglimmenden Augen. Wenn er wo auftauchte, griffen alle unwillkürlich hastiger zu.

Der Söllinger blieb einen Augenblick stehen, biß die Zähne aufeinander und schlug, weitergehend, den Hirschgriffstock fester auf den Boden. –

Den Michael sah man jetzt tagsüber fast nie. Nur am Abend stelzte er über den Söllingerhügel, blieb manchmal stehen und sah wie prüfend der Bahnlinie nach. Gebückt ging er. Er trug meistens einen breiten Mantel und hielt einen Stock in der Rechten.

Manchmal wenn ein Heimkehrender an ihm vorbeiging, lag ein verglommenes Lächeln auf seinen faltigen Zügen. Plötzlich aber verfinsterten sie sich, sein Kopf senkte sich und hastig trottete er weiter.

Einmal traf es sich, daß er dem Söllinger begegnete. Er blieb fest stehen und sah dem Bauern lauernd in die Augen. Es war gerade an der Stelle, wo der Bahndamm sich hob, nah' am Bachbrücklein.

»Grad' deine schönsten Äcker haben's hergenommen,« sagte Michael.

»Hm!« nickte der Bürgermeister und wußte nicht, wo er hinschauen sollte.

»Wirst alt jetzt, Söllinger! Gib's her, dein Anwesen!« begann Michael wieder.

Der Bauer schüttelte nur den Kopf störrisch und ging wortlos weiter. Aber dieses Mal sah Michael noch tief in der Nacht die Stubenfenster im Bürgermeisterhaus leuchten.

Einige Tage später geriet der Heustadel hinter dem Söllingerhof in Brand und nur mit Mühe konnte die Feuerwehr das Überschlagen der Flamme aufs Bauernhaus verhindern.

Der Italiener Rotti und der Böhme Zdrenka hatten es auf die Bürgermeister Magd abgesehen. In einer Nacht erstach der Böhme den Italiener. Zwei Gendarmen von Greinau kamen. Unruhig wurde es im Söllingerhaus.

Der Bürgermeister schlug wütend auf den Tisch: »Ich mag nicht mehr!« Und resolut rannte er zur Tür hinaus, geradewegs auf die »Ferkelburg« zu.

Michael empfing ihn freundlich und ruhig. Er bot eine Summe, daß der Bauer seine Augen weit aufriß.

Der Handel kam zustande.

Der Söllinger gab sein Bürgermeisteramt auf und zog zum Schmied.

»Verkauf deine Kalupp'!« sagten jetzt jeden Abend der Reinalther und er in der Lechlstube zum griesgrämigen Gleimhans.

»Hast deine Ruh' und einen schönen Batzen Geld und der Michl läßt dich drinn, solang als du willst!« bekräftigte der Lechlwirt.

»Solang' ich leb, nicht!« gab der Gleimhans einsilbig zurück und schüttelte beharrlich den Kopf. –

Michael kaufte das Schmiedanwesen. Der Schmied zog in die Stadt. –

»Kauft das ganze Dorf,« brummte der Gleimhans, »und hat uns zuletzt alle in der Mausfall'n!«

»Soll er, wenn's ihm gefällt! – Er kann sich's leisten, zahlt gut und ist nicht zuwider! – Läßt mit sich reden!« verteidigten der Wirt und der Reinalther den Herrn von der »Ferkelburg«. Und dumpf nickte der Söllinger. –

Aber am nächsten Tag trat Michael ins Reinaltherhaus. Der Bauer empfing ihn aufgeräumt und freundlich, ohne jegliches Arg.

»Im Frühjahr müßt's raus! Hab' einen Pächter,« sagte da auf einmal Michael kurz.

Dem Bauern gab es einen Ruck. Er sah ihn groß an.

»Bringt aber sein Zeug schon übernächst's Monat!« sagte Michael wieder und wandte sich zum Gehen.

Der Reinalther wurde jäh bleich. Sein Kinn bebte. Seine Unterlippe rutschte etwas herunter.

Hilflos und bittend sah er auf Michael.

»Geht's gar nicht, daß wir die paar Kammern hinten kriegen könnten und bleiben dürfen!« brachte er kleinlaut heraus.

Michael schüttelte schweigend den Kopf.

»Gar nicht?«

Michael drehte sich um, sah ihn kalt an: »Könnt's ja am End zum Schmied einzieh'n. Obenauf sind noch drei Kammern. Nachher seid's mit'm Söllinger beieinand! Überleg' dir's und laß mir's wissen!«

Und ehe der Bauer etwas erwidern konnte, war er draußen.

Eine Weile stand der Reinalther wie besinnungslos da. Dann ging er zum Lechlwirt hinüber.

Der Gleimhans und der Söllinger saßen da. Schüchtern und ganz von außen herum erkundigte sich Reinalther nach den Räumlichkeiten im Schmiedhaus.

»Mußt' raus?« fragte der Lechl.

Stumm nickte der Befragte.

»Ins Schmiedhaus?«

»Schier,« erwiderte der Bauer und setzte hinzu: »Hat einen Pächter fürs Frühjahr.«

Gleimhansens Augen glänzten listig. Er hob den Kopf und lächelte schadenfroh.

»Vom Schmiedhaus ist gar nicht mehr weit ins Gemeindehaus!« warf er boshaft hin.

Der Söllinger rückte sein Gesicht empor.

»Ja –!« sagte der Gleimhans, ihn messend, »samt eurem Geld jagt er Euch in die Mausfall'n, wenn's ihm paßt!«

Die beiden anderen Bauern saßen dumpf da und starrten schweigend ins Leere. Der eine erhob sich, und der andere. Und beide gingen ohne ein Wort. –

VI.

Wiederholte Male hatte Michael zum Gleimhans geschickt. Er selbst kam, der Italiener kam, die Magd kam. Es half alles nichts. Der Bauer gab sein Anwesen nicht her.

»Wenn nochmal einer kommt, kann er seine Knochen vor der Tür zusammenkratzen!« brüllte er das letztemal wild. Es kam keiner mehr.

Michael hatte nach und nach das ganze Dorf aufgekauft. Die Gehöfte und Häuser lagen brach und still da. Die ehemaligen Besitzer waren entweder fortgezogen, gestorben oder arbeiteten gegen Taglohn auf der Bahnstrecke. Die Grundstücke wurden von den Ferkelburgleuten beackert, bebaut und bewirtschaftet.

Im ehemaligen Reishof logierte eine Hausiererin und führte einen Kramladen. In den sonstigen Häusern wohnten Arbeiter oder auch die früheren Besitzer, gingen in der Frühe heraus und abends hinein. Die Mauern bröckelten ab, die Gärten verwahrlosten, alles lag verödet und ruinenhaft da.

Michael selbst saß den ganzen Tag in seinem Turmzimmer, über die Protokolle und Urkunden gebeugt, die er beim jedesmaligen Kauf eines Anwesens vom Notariat ausgehändigt bekam. Nur der Italiener und die Magd, die ihm das Essen brachte, sahen ihn. Alt und verfallen sah er aus. Zusammengeschrumpft war seine Gestalt.

Nachts, wenn der Mond silbern über die Talmulde glitt, stand er am Turmfenster und überschaute seinen Besitz. Dann glomm manchmal in seinen Augen etwas wie Triumph. Nur wenn sein Blick auf das Gleim-Anwesen fiel, wurde es finster auf seinem Gesicht. –

Aus der Erde brach der Frühling. Die Magd kam zum Reinalther und brachte die Botschaft, der Bauer solle sich zum Ausziehen bereitmachen.

»Jaja, in Gott's Nam'! Sagt's nur, ich will ins Schmiedhaus!« gab ihr der Bauer als Antwort mit in die »Ferkelburg«.

Am selben Tag trottete Michael eilsam auf den Kramladen zu und verschwand scheu in dessen Tür. Die Krämerin schrak förmlich zusammen, als er so dastand.

Aus einem grauenhaft gelben Gesicht starrten verkohlte Augen auf sie.

»Gib mir zwei Kalbstrick, Irlingerin, aber gute!« sagte Michael kurz.

Die Krämerin legte einen Packen Stricke hin.

Michael prüfte sorgfältig einen um den andern.

»Die!« stieß er hastig heraus, warf das Geld hin und nahm zwei Stricke.

»Tragen denn gleich zwei Küh' diesmal?« fragte die Krämerin endlich.

Aber Michael nickte nur und ging. Eilig stelzte er durchs Dorf.

Als er die Tür seines Turmzimmers zuschloß, zog er die Stricke aus seiner Brusttasche, prüfte sie nochmal und legte sie in den Schrank, schloß ab. Offenbar befriedigt atmete er auf, trat an den Schreibtisch und las wieder die Urkunden. –

Gegen Abend kam der Pfarrer, der lange nicht mehr dagewesen war, in die Ferkelburg. Mißtrauisch und etwas verwirrt empfing ihn Michael.

»Das Kloster Sankt Marien möchte den Söllingerhof, Michl?« sagte nach einer Weile Schweigens der Geistliche.

Michael schüttelte den Kopf.

»Ist nicht recht, daß alles so tot daliegt, Michl!« ermahnte der Pfarrer.

»So?« sagte Michael hartnäckig, und seine Falten zuckten fast höhnisch.

»Wirst ein alter Mann, Michl! Was tust mit den vielen Häusern!« murmelte der Geistliche hilfloser.

»G'richt halten!« stieß Michael gedämpft heraus und heftete seine Blicke funkelnd auf den Pfarrer. Der stand beklommen da und atmete schwer.

»Unser Herrgott wird dir Dank wissen, Michl!« fand er endlich das Wort wieder und erinnerte abermals an den Söllingerhof.

»Steht zu arg in der Sonn'«, murmelte Michael noch leiser und unheimlich heraus, »und wirft mir den ganzen Schatten in die unteren Stuben!«

Er stand gespannt da, bewegte sich nicht. Der Geistliche wurde plötzlich blaß, als er das eingeschrumpfte, gelbe Gesicht im matten Licht sah. Jetzt funkelten Michaels Augen wieder und seine Lippen gingen auf und zu:

»Hat einmal meinem Vater gehört, nicht?! ... Und der Söllinger hat es ihm abgekauft, nicht?! ... Und – der Gleimhans hat ihm Geld 'ge-

ben. – Vieh hat er dazumal geschachert, der Söllinger, nicht?! Und
– und hat's meinem Vater langsam abgekauft – langsam, nicht?! ...
War ja ein Hüttl, damals – nicht!? – »

Er hielt inne. Der Pfarrer stand wortlos da.

»Und nachher hat er das Saufen angefangen, mein Vater, nicht?!«
keuchte Michael fortfahrend heraus: »Und dann haben's meine Mutter ins Gemeindehaus, und – und nachher haben sie sie auslogiert – ist
gestorben, weil unsere Kuh krepiert ist! Hat's nicht mehr erleben
können ... nicht!?« –

Jetzt stockte er plötzlich, hielt die Worte zurück und erbleichte.
Wieder bohrte er seine mißtrauischen Blicke in das Gesicht des Pfarrers. Eine Unruhe fieberte auf seinen Falten.

Auf einmal, ohne des Pfarrers zu achten, stieß er heraus: »So dunkel
ist's da unterm Turm wie im Gemeindehaus bei meiner Mutter dazumal ...!?« –

»Michl!« rief der Pfarrer nur mehr. Dann ging er. –

Michael stand eine Zeitlang in der gleichen Haltung da, dann zuckte
er erschreckt zusammen und brach in seinen Lehnstuhl.

Später rief er den Italiener. Es war schon Nacht draußen. Er steckte
die Kerze an und zog die dichte Gardine vor.

»Hast immer geladen in der Sandgrube, nicht?« fragte er den Italiener.

Der nickte.

»Bist krank, Guisepp'! Mußt Ruh' haben,« redete Michael gut auf
ihn ein und ließ ihn nicht aus den Augen.

Guiseppe stand verlegen und verständnislos da.

»Das Söllingerhaus da drüben, Guisepp', das soll dir gehören,
wenn'st – wenn'st nochmal sprengst, bloß mehr dies einzige Mal!«
sagte Michael aschfahl und öffnete, seinen Schreibtisch, legte drei
Pulversäcke aufs Pult.

Der Italiener starrte ihn groß und schweigend an.

Als dies Michael bemerkte, sprudelte er fast bittend und hastig
heraus: »Haben dich nie erwischt, Guisepp', nie! Hast dich immer
rausgemacht – wirst's auch diesmal fertigbringen!« –

Und dann setzte er ihm den Plan auseinander.

Mitten im Gespräch horchte er jäh auf. Fern aus dem Dorf hörte
man Wagengeknatter und »Hü«-Rufe. Der Gleimhans fuhr die Habe
Reinalthers ins Schmiedhaus.

»Geh!« sagte Michael hastig zum Italiener. Mechanisch verließ dieser das Zimmer. –

Bis tief in die Nacht hinein schleppten der Gleimhans, der Söllinger und die Reinalther-Eheleute die Möbel in die wackeligen Kammern im ersten Stock des Schmiedhauses.

Es war eine windige, unruhige, stockdunkle Nacht. Manchmal trug eine Windwelle Laute und abgerissene Sätze herüber zur »Ferkelburg«.

Michael ging zitternd im Turm auf und ab. Auf und ab. Von Zeit zu Zeit neigte er sich über den Schreibtisch und schrieb noch ein Wort oder einen Satz auf einen aufgeschlagenen Bogen Papier.

Jetzt riß der Wind die Schläge der Kirchturmuhr auseinander. Michael tappte ans Fenster, hob die Gardine ganz schmal beiseite und band den Strick an den Fenstergriff.

Und sah scharf und spähend ins Dunkel hinaus.

Da krachte es furchtbar. Ein riesiger Feuerklumpen brach in der Gegend des Schmiedhauses schleudernd in die Schwärze der Nacht. –

Und um die runde Anhöhe hetzte eine lange Gestalt auf die Ferkelburg zu.

Michael faßte den Strick und legte seinen Hals in die Schlinge.

Dann brach er ins Knie und hob seine ineinandergerungenen Hände zur Höhe. Sank. – –

Mit jener grauenhaften Blässe, die oft jäh von furchtbarer Ahnung Erschütterte befällt, sagte der Pfarrer am andern Tag vor der Leiche des Erhängten: »Alle Dinge sind eitel!« Und hob den Blick gen Himmel.

Auf dem Schreibtisch lag ein Testament, das Guiseppe die ganzen Besitzungen und Hinterlassenschaften Michaels zuerkannte. –

Ein dummer Mensch

I.

Seltsam sind Menschenwege. Kalt ist der Winter, heiß der Sommer, die Zeit läuft weg und Alter und Verbitterung hocken in den Knochen, eh' man sich richtig umsieht. Und schließlich – was ist's gewesen, wenn man nachdenkt ? –

Misere, Misere, Misere!

Zufall ist alles – und nichts. –

Vor zweieinhalb Monaten noch – hol der Teufel diese kalten, widerwärtig regnerischen Herbsttage! – trottete Adam Högl verdrießlich durch die dumpfen Straßen, überlas ein- um das anderemal die Karte des Arbeitsamtes, die ihm anbefahl, daß er sich beim Kranenwerk als Erdarbeiter zu melden hätte, zerknüllte sie ebensooft in der Tasche und trat gedankenlos in die Kneipe der engagementslosen Artisten »Zur wilden Rosa«.

Widerlich, wie er jetzt auf einmal noch quälender die kalte Nässe an seinen Gliedern herabrieseln fühlte! Und ausgerechnet mußte noch dazu die selbstspielende Geige unausgesetzt kratzen, daß es durch Mark und Bein ging!

Die rauchige Luft war zum Schneiden dick hier und ein Lärm herrschte an allen Tischen wie auf einem Jahrmarkt.

Knirschend und ohne sich um die geschwätzige Gesellschaft zu kümmern, ließ sich der Eingetretene auf einen Stuhl fallen und schwang seinen patschnassen Hut ein paarmal derart wütend hin und her, daß die herausgepeitschten Tropfen wie aus einem Weihwasserpinsel herumflogen.

»Pilsner oder Most?« schrie der Kellner über die Köpfe hinweg.

»Pilsner!« brummte Högl finster zurück und machte sich breit. »Hoho!« murrte jemand beinahe drohend am Tisch, und ärgerliche Gesichter hoben sich. Auf einmal rief eine bekannte Stimme: »Mensch! Högl!« und Adam Högl sah verwundert auf.

»Högl! Mensch! Adam!« schrie es abermals und ein Herr mit rundem, lachendem Gesicht tauchte an der anderen Tischseite auf, beugte sich behend in die gedrängten Leute: »Erinnerst du dich? Krull, vierte Kompagnie, Zimmer achtundzwanzig!? Bauchreden!« Adam Högl faltete schnell die Stirn.

Ja, es stimmte: Im Zimmer achtundzwanzig der vierten Kompagnie lag er neben Ferdinand Krull und betrieb als Liebhaberei die gelegentlich erlernte Kunst des Bauchredens. Er entsann sich ganz deutlich, und unwillkürlich, fast von selbst entquollen ihm einige Laute. Er saß gerade aufgerichtet da, mitten im plötzlich verstummten Kreis der Gesichter, mit geschlossenem Mund – nur der herausgedrückte Punkt seines Halses bewegte sich etwas auf und ab – und tief unten in seinem Bauch redete es.

»Mensch, du kannst noch!? Komm sofort mit! Du wirst meine beste Nummer!« jubelte jetzt der ehemalige Barkellner Ferdinand Krull, und ehe die verblüffte Schar sich's richtig versah, trabten die beiden eilsamen Schrittes aus der Kneipe, stiegen in das bereitstehende Auto und weg waren sie. –

Am selben Abend schon stand Adam Högl auf der grell beleuchteten, geräumigen Bühne des Krullschen »Paradies-Kasinos« und johlte seine Bauchstimmen-Witze in das bunte, glänzende Publikum, das sich allabendlich hier zusammenfand.

Flüchtig zurechtgemacht, im zu großen, faltigen Frack des beleibteren Krull, mit viel zu weitem Kragen, der sich wie ein schmaler weisser Kummet um seinen dürren, langen Hals wand, in einer karierten, schnürenden Weste, einer billigen gestreiften Hose und den quälend drückenden Lackschuhen des Wirtes – so stand Adam Högl, eine beachtete, wichtig gewordene Einzelperson, – wie aus einer tiefen sumpfigen Finsternis plötzlich auf einen strahlenden, weithin sichtbaren Gipfel gehoben – inmitten der sorglosen, großen, prächtigen Welt.

Musik fiel ein, säuselte süße, schmeichelnde Melodien durch den Raum, tuschte, brach ab – der Vorhang peitschte in die Höhe. Vereinzeltes Stühlerücken noch, leise verschwingendes Gläserklirren und andächtige Stille minutenlang. Adam Högl riß die Augen weit auf. In der blauüberleuchteten, abgedämpften Zuschauergruft tauchten puppige Herrenrücken auf, kühngekleidete Damen, ebenmäßige, gepflegte, wunderbar abgetönte Gesichter und lange, glitzernd beringte Hände mit flamingozarten Fingern, die große Fächer hielten. Elfenbeinfarbene Nacken bogen sich waghalsig. Herausfordernde, runde, nackte Arme bewegten sich lässig und entblößte, leicht gerötete Brüste hoben und senkten sich wie weiche, märchenseltsame Lichtflächen, die ein fächelnder Wind arglos umschwirrte. –

Mit Gewalt mußte Adam Högl an sich halten. Der Atem stand ihm still. Schweiß war auf seiner Stirn. Mühsam preßte er endlich die ersten Laute heraus.

Es räkelte.

Sein Herz klopfte auf einmal wie im Galopp. Mit ganzer Kraft straffte er sich, gröhlte unbeholfen den ersten Witz heraus, begann ohne Zwischenpause den zweiten.

Es räkelte schon wieder. Seine Knie begannen zu schlottern. Er biß die Zähne fest aufeinander, preßte – preßte die Laute, die auf der Kehle saßen, wieder zurück, hinunter in den Bauch und hatte endlich den zweiten Witz.

Das Räkeln verstärkte sich, verflachte zu einer allgemeinen Bewegung. Schon drohte er umzufallen – da brach ein berstender, frenetischer Jubel über ihn her, ein Gelächter wie aus einer vielstimmigen Riesentrompete, ein betäubendes Klatschen, als sei hoch auf einem Berge die Schleuse eines gehemmten Flusses mit einem Male jäh aufgerissen worden und die ganze Wasserlast falle sausend in die Tiefe.

Er war gerettet.

Er atmete auf, hielt inne, ließ den Jubel verrauschen und jetzt floß sein ganzer Mut und Witz berückend sicher aus ihm heraus, hinab in die Gruft und wieder zurück an seine schweißnasse Brust wie verhundertfachter, brausender Dank.

Er hatte gesiegt.

Einen solchen aus allen Geleisen geratenen Beifall hatte das »Paradies-Kasino« noch nie erlebt. –

Vollkommen erschöpft schleppte sich Adam Högl am Arm seines ehemaligen Regimentskameraden immer wieder durch die getürmten Blumenhaufen, vor bis an die Rampe, kaum noch fähig, sich zu verbeugen. Und immer, immer wieder zuckte der Vorhang, fuhr sausend auseinander und in die Höhe.

Zuletzt sah es aus, als hätten sich alle Menschen da unten übereinandergeworfen und in das wüste, kreischende Plärren mischte sich endlich die Musik und schwoll an zu einem mächtigen Choral. Und regelmäßiger, breit und den ganzen Raum erbeben lassend sang es aus

allen Kehlen zur Höhe: »Ooo du Pa–a–aradies! Pa–a–aradies-Kasi–
ino–o–o!« daß Adam Högl buchstäblich wie halbtot seinem Kameraden in die Arme sank und aus tiefstem Glück erschüttert aufjohlte:
»Pa–a–aradies!« –

Einige Tage später konnte er an allen Litfassäulen in halbmetergroßen
Buchstaben seinen Namen lesen und darunter stand: »Die große Num-
mer«. Und jeden Abend erntete er den gleichen Beifall. Schon in der
Mitte des zweiten Monats war auf allen Plakaten, quer über »Die große
Nummer« geklebt, zu lesen: »Zum dritten Male prolongiert!« – –

II.

Ohne es selber recht innezuwerden, rückte Adam Högl in eine andere
Menschenschicht hinauf. Er trug nunmehr seidegefütterte Anzüge der
besten Schneider, ging mit gelassener Selbstsicherheit durch die Straßen und grüßte mit ausnehmender Vorliebe auffällig gestikulierend
und so geräuschvoll, daß alles stehen blieb und lachen mußte, vor-
nehme Gäste des »Paradies-Kasinos«. Fast jeden Abend nach seinem
Auftreten saß er an irgendeinem Tisch, inmitten einer fidelen Gesellschaft, trank je nach der Art seiner Gastgeber entweder herablassend
beiläufig oder mit einigen Brusttönen lobender Aufmerksamkeit äl-
testen Wein, bekanntesten französischen Sekt, jeden Nerv kitzelnde
Liköre und sog, immer witzgerecht, mit geübt bäuerlicher, biederer
Bescheidenheit alle Bewunderung der Gäste in sich hinein.

Seine berechnete Natürlichkeit wirkte bestechend bei Damen, alten
Lebemännern und Industriellen. Er zotete, wenn ihn ein abfälliger, her-
abmindernder Witz traf, über alles hinweg mit jener unerschütterlichen,
nie angreifbaren, hämischen Trockenheit, die entwaffnet. Mit dem ganzen unterdrückten Instinkt eines Menschen, dem die Angst vor dem Wie-
derzurücksinken in den Sumpf Spannkraft gibt, beobachtete er, erwog
die Möglichkeiten neuer Bekanntschaften, erlistete sich notwendige Gebärden und Manieren, machte sich gutwirkende Kniffe zunutze und galt
bald als der gewiegteste Weinkenner und großartigste, bewunderungs-
würdigste Zecher, mit dem es eine Lust war, Gelage zu halten.

Freilich, es gab auch Abende ohne Einladung, wo er am Künstlertisch in der zerwetzten Nische saß und sich mit Kollegen und Kolle-
ginnen, die mit ihm das Programm ausfüllten, unterhielt. Artisten aus

aller Herren Länder, dicke Sängerinnen, zierliche Chansonetten und schwergebaute Ringkämpfer waren da. Intrigen, Neid und Intimitäten gab es da, Vertraulichkeiten und Klatsch. Mit teilweise unverhohlenem oder auch leisem, verstecktem, stechendem Spott sahen diese weltbereisten, mit allen Wassern gewaschenen Leute auf den Neuling herab. Es war unerquicklich und feindselig in dieser Nische, alles deutete zurück in die Misere.

Draußen, im Zuschauerraum, vertrugen sich die dickaufgetragenen Freundlichkeiten vorübergehender Kollegen fast lächerlich leicht. Während er nicht selten, wenn er spät nachts den Künstlertisch verlassen hatte und heimwärts ging, zukunftsbesorgt und entmutigt war, lebte er als Gast an den Tischen der Kasinobesucher stets auf, schaute den vorübergehenden Kollegen kühn und dreist in die Augen, warf ihnen treffsichere Zoten zu und lächelte unverschämt, wenn er auf ihren Gesichtern die nur schwer zurückgehaltene Wut aufsteigen sah. Hier, in diesem Meer, dessen Wellen ihn unausgesetzt emporhoben, fühlte er sich völlig geborgen, unverfolgbar und mächtig.

Adam Högl war kein Optimist. »Nichts dauert ewig und jeder muß sich nach der Decke strecken,« sagte er bei jeder Gelegenheit mit leiser Ironie, doch handelte er danach.

Gelegentlich eines wüsten Gelages mit dem Millionär van Haarskerk und seiner Gesellschaft in einem abgedämpften Hinterraum des Paradies-Kasinos ließ er sich kaltes Wasser kübelweise über den Kopf schütten, spielte mit Meisterschaft den völlig Betrunkenen, trank gesalzenen Sekt ohne eine Miene zu verziehen, ertrug zur Steigerung des Vergnügens viele, viele Stöße in den hingehaltenen Bauch und tanzte zuguterletzt patschig und negerhaft wie ein Eunuch im Hemd herum, daß sich die ganze Gesellschaft vor Lachen wälzte.

Von da ab saß er jeden Abend am Tische van Haarskerks, duzte sich mit diesem. Der Millionär war eine besondere Art von Mensch. Er hatte der kleinen Kabarett-Diva Yvonne eine Villa draußen an der Peripherie der Stadt gebaut und vertrieb sich die Zeit damit, mit ihren früheren Bekannten Gelage zu halten, ausgesuchte Gerichte zu kochen und Autotouren zu machen. Durch sein Verhältnis mit der Diva war er im Laufe einer ganz kurzen Frist zu einer Art Stadtbekanntheit geworden. Meistens kam er mit zwei oder drei vollbesetzten Autos im Paradies-Kasino an. Allerhand zweifelhaft gekleidete Leute begleiteten ihn, alles frühere Geliebte Yvonnes –: abgewirtschaftete Studenten, die sich

Dichter nannten, einige Kunstmaler, ehemalige Kabarettleute, undefinierbare Witzbolde und schließlich noch einige Herren, die stets neueste Mode am Leibe trugen, gepudert waren und das Einglas ins Auge geklemmt hatten. Nach Schluß der Vorstellung fuhr man nicht selten mit noch Hinzugekommenen, momentan die Langeweile vertreibenden Eingeladenen nach Hause, um dort weiterzutrinken, zu diskutieren oder Bakkarat zu spielen, bis die Frühe fahl ihr Licht durch das dicke Glasdach des Wintergartens auf die Zecher herabfallen ließ.

Adam Högl faßte festesten Fuß in diesem Hause, ja, zählte geradezu zur Familie, lernte fabelhafte Tafeln kennen, überschüttete die gelassene Gleichgültigkeit, mit der man hier Unsummen in die Spieltischmitte schob und wieder wegzog, mit seinen herabmindernden Späßen, trank ebenso wählerisch wie selbstverständlich Whisky pur wie Kognak von 1875. Mit dem ihm eigenen Geschick sekundierte er, wenn Yvonne ihre tausendmal erzählten Bettgeschichten und anzüglichen Witze erzählte. Sein trainiertes Gelächter riß jedesmal mit und erleichterte den nur mit Mühe die Langeweile verbergenden, devot Beifall spendenden Günstlingen ihre schwierige Aufgabe auf das angenehmste.

Oft und oft kam es vor, daß die überreizte Diva eine Vase durch eine Glastür warf, Unheil stand drohend – da auf einmal trompetete das Lachen Högls und glättete im Nu den Sturm.

Es gab Nächte in diesem Hause mit ihm, die begannen mit einem wüsten Balgen zwischen Yvonne und van Haarskerk, mit einem Zusammenschlagen kostbarster chinesicher Zierrate, mit einem Demolieren von Türen und Möbeln und endeten wie etwa eine unvergleichlich lustige Sylvesterfeier.

Hier war ein reicher Fischplatz. Adam Högl warf vorsichtig seine Angeln und Netze aus. –

»Denn nichts dauert ewig und jeder muß sich nach der Decke strecken!«

III.

Die Tage und die Nächte liefen davon. Viel zu schnell. Sie schwebten vorbei, ohne sich voneinander zu unterscheiden. Es war ein unaufhaltsames Fließen. Es gab keinen festen Punkt, kein Nachdenken, keinen Widerstand.

Allmählich, mit jedem Tag bemerkbarer, ließ der Beifall nach. Es brach jetzt kein plötzliches Gelächter mehr aus. Es war keine Stille mehr in der Zuschauergruft, wenn Högl auftrat. Man sandte auch kein resolutes »Pst!« mehr aus aufmerksamen, lauschenden Tischen, wenn die Kellner servierten. Gelangweilte Gesichter sah man ringsum. Es schwätzte jedermann während des Vortrags. Wie ein böses Gewissen rieselte durch den erschauernden Körper jene penetrante Peinlichkeit, die immer einsetzt, wenn man sich hilflos einer stärkeren Macht gegenübersieht und es sich nicht eingestehen will.

Es war acht Tage vor dem Ende des dritten Monats, und nichts wieder hatte Krull von abermaliger Prolongierung erwähnt. Adam Högl stand benommen hinter dem eben herabgefallenen Vorhang und wischte sich den Schweiß von der Stirn. Es klatschte mäßig. Der Vorhang zuckte fast mitleidig und wurde rasch noch einmal hochgezogen. Es klatschte etwas mehr, als Högl dankte. Der Vorhang fiel wieder herab. Bagg–bagg–bagg–bagg! – schon schwammen die Redegeräusche, das Klirren der Gläser, das Stühlerücken und Surren der Ventilatoren darüber hinweg, und alles verebbte zu einem gleichmäßigen Geplätscher.

In acht Tagen vielleicht stand Krull, der in der letzten Zeit merkwürdig schüchtern auswich und sich selten sehen ließ, vor ihm und sagte ungefähr: »Adam, du weißt! Mein Publikum will Abwechslung. Ich bin Wirt, ich muß mich nach ihm richten.«

Man war ihn satt! – Er konnte wo anders hingehen? – Schließlich – er hatte noch etwas Geld, Anzüge. Es ging eine Zeitlang. Dann? –

Der Boden schwankte, man glitt aus, man ließ sich dahintreiben, dumpf und verbittert auf einen nächsten jähen Zufall wartend. Die fast märchenhafte Leichtigkeit, mit der man über Nacht so hoch getragen worden war, hatte die Energie vernichtet. –

Adam Högl knirschte und sah scheu rundherum. Die Angst kam von der Magengegend zur Gurgel heraufgekrochen. Mit einem Ruck riß er sich zusammen und schritt zur Tür. Da kam der schlanke Kellner und bat ihn in die Loge des Millionärs. Er atmete erleichtert auf. »Ich komme gleich,« sagte er schnell und ging in die Garderobe.

Nach einigen Minuten schritt er die Logenreihen entlang und hatte schon wieder die breitlachende, humorvolle Miene, die man an ihm gewohnt war. Aus verschiedenen Tischen nickten ihm Leute grüßend zu, und scheinbar ganz in seligster Wonne erwiderte er.

Die Haarskerksche Loge war wie gewöhnlich gepfropft voll. Jeder der Herren lachte bereits das knallige Lachen Adam Högls. Das gab Mut. Noch war man also nicht ausgelöscht. –

»Ah–haha!!« krächzte der Millionär aufstehend und machte Platz.

»Was machst du?« fragte Yvonne den Angekommenen.

»Einen schlechten Eindruck,« erwiderte Högl trocken. Die Unterhaltung belebte sich, wurde aufdringlich laut.

»Psst! Psst!« zischte es aus den gegenüberliegenden Tischen, denn eben trat die neuengagierte Sängerin auf und trillerte die ersten Laute.

»Ah–a–a–ah–ah–a–a–aa!« sang Högl boshaft mit angestrengtester Kopfstimme nach und der ganze Tisch kreischte hellauf.

»Psst! Psst!« Adam Högl entdeckte mit einem flüchtigen Blick drüben in einer dunklen Ecke Krull mit finsterem Gesicht, wandte sich schnell wieder weg.

»Ein Turteltäubchen! Ein Täubchenturtel!« gröhlte er sehr laut.

»Ru–u–uhee! Psst!« brummte es noch energischer und empört gehobene Gesichter tauchten auf.

»Mistkäfer! Schweinebande!« knirschte Yvonne dumpf in den Tisch und rief lauter: »Anton zahl'! Wir wollen gehen! Sofort!«

Der Kellner kam eilends herangeflitzt. Sehr geräuschvoll bezahlte der Millionär und die ganze Loge erhob sich. Alle tappten im Gänsemarsch knatternd auf den Ausgang zu.

»Psst! Psst! Ru–uhe!« surrte es ihnen nach. An der Tür stand Krull, verbeugte sich devot und wollte entschuldigen.

» Schon gut! Schon gut! Wir werden's uns merken!'' schrie Yvonne und befahl resolut: »Kommt! Laßt euch nicht aufhalten!« Der Trupp stürzte hinaus.

»Ich möchte heut' nur Högl, Kotlehm und Raming, Anton! Laß die andern nach Hause fahren! Wir wollen unter uns sein!« sagte Yvonne vor dem Auto. Der Millionär rannte auf die anderen Begleiter zu, sagte ihnen dies, kam wieder zurück, stieg rasch ins volle Auto und gab das Zeichen zum Abfahren.

»So sind alle Wirte, weißt du! Pack! Pack!«schimpfte Yvonne während des Dahinfahrens.

»Eben! Eben!« brummte Högl in tiefem Baß.

»Ein solches Miststück mit ihrem Geplärr! Na, ich danke!«

»Eben! Eben!« sekundierte Högl befriedigt.

Der Maler Kotlehm lachte gewaltsam.

»Und diese Preßsackbrüste, pw! Diese Wurstfinger, äh!« zeterte Yvonne.

»Gulasch! Gulasch mit Kartoffel!« murmelte Högl. Man lachte allenthalben. Yvonne warf ihre Arme hingerissen um Högls Nacken und drückte ihr kaltes geschminktes Gesicht an seine Wange, küßte ihn breit und feucht, daß es schnalzte: »Högl, Du bist mein Mann!« Die Stimmung war wiederhergestellt.

»Was trinken wir?« fragte van Haarskerk.

»Sekt! Sekt! – Ich möchte heute schwimmen im Sekt – und dann Whisky!« rief Yvonne emphatisch.

Das Auto fuhr surrend durchs Tor.

IV.

Die Dienerschaft war zu Bett gegangen. Es war still. Überall herrschte ein Geruch nach Zigaretten, Parfüm und Alkohol. Man ließ sich in die tiefen, nachgiebigen Fauteuils um den offenen Kamin im Rauchzimmer fallen. Jener Punkt war erreicht, wo alles öde, langweilig, dumm und trist zu sein scheint. Die Stimmung war zweideutig und unentschieden. Es hieß geschickt eine Krise zu vermeiden, die scharfen, vorgeschobenen Riffe der Überreiztheit gewandt zu umsegeln. Noch zwei oder drei schweigende Minuten und man stand vielleicht auf, gähnte dösig und ging zu Bett – oder aber auch Yvonne stieß zufällig mit dem Fuß wo an, knirschte gehässig und schmiß eine Vase kaputt. Es gab Skandal und alles war verloren, verhunzt. »Ich hab' Hunger,« sagte Yvonne bereits bedrohlich.

Adam Högl ergriff die Gelegenheit und brummte trocken: »Ein frugales Mittelstück! Sehr richtig! Weder Früh- noch Nachtstück – ein Mittelstück, ein Stück in der Mitte!« Man lachte lahm. Der Maler Kotlehm und der Lyriker Raming bewegten sich etwas aufgefrischter: »Ja, das wäre nicht dumm!«

»Geht!« befahl Yvonne Högl und dem Millionär. Die beiden waren aufgestanden. »Komm! Kommen Sie, Herr Küchenchef! Wir wollen – Na, die Herrschaften, na–na!?« trompetete Högl in seinem breiten Baß, als er mit van Haarskerk in die Küche ging. Während der Hausherr eineinhalb Dutzend Eier kochte, schmierte Högl Butterbrote, strich Kaviar darauf, schnitt Schinken und Seelachs.

Der Sekt war bereits abgekühlt.

Als er die Gläser und das Tablett mit den Speisen in das Rauchzimmer trug, hatte sich Adam Högl wieder ganz in der Gewalt und bediente behend wie ein Servierkellner. Man griff gierig zu, schmatzte. Die Stimmung hob sich.

»Und ick?! – Ick hock mir ins Klosette rin und kotze alle Spucke rinn! – rinn! – rinn! –« johlte Högl wie ein Grammophon mit wässerigem Mund. Und: »– rinn! – rinn! –« wiederholte der ganze Chorus.

Zufällig warf der Millionär seine Eierschalen in großem Bogen zur Decke. Sie fielen in den Spiegel oberhalb des Kamins und zischten auseinander. Belustigt darüber schleuderte Yvonne ihr Ei in die glitzernde Fläche. Benng! klatschte es spritzend auseinander. Einen Moment gafften alle unschlüssig.

»Hoi–j! Hol–j!« brüllte Högl unverblüfft wie ein Ausrufer und warf ebenfalls sein Ei in den Spiegel. Das gefährliche Riff war umschifft. Alles gröhlte mit einem Male mitgerissen. Patsch – Patsch – Patsch! Jeder warf sein Ei in den Spiegel. Es klatschte um die Wette. Yvonne schüttelte sich berstend. Adam Högl hüpfte vor Vergnügen. Wie doch alles einfach ist! – – »Das ist – um es richtig zu sagen – der Kampf mit dem Spiegel oder der verspritzte Eidotter auf dem Kamingesims!« plapperte Raming rülpsend.

»Hahaha–ha! Der Lyriker wird witzig!« stichelte der Millionär.

»Der Spiegelkrieg! Das Krieglspielchen! Das Spielchen mit dem Kriegl-Spiegl!« gluckerte Högls Bauchstimme. Ein hemmungsloses Gelächter peitschte auf. Man trank überschnell und mit vollstem Behagen. Adam Högls Gesicht glänzte triumphierend. Sehr gewandt spuckte er seinen Mund voll Sekt zur Decke. Ein dicker Strahl war's. Im Nu folgten die andern.

Die Stimmung hatte einen ersten Höhepunkt erreicht. Es galt, ihn zu halten. Adam Högl begann zu zoten.

– Dem Lyriker Raming gab der Millionär seit einem Jahr ein Stipendium, weil Yvonne dessen bastardhaft verfaltetes Gesicht gelegentlich einmal als »angeilend« bezeichnet hatte. Des Malers Kotlehm vulgäre Schönheit entzückte die Diva dergestalt, daß sie van Haarskerk veranlaßte, ihm ein Atelier zu bauen. Von anderen noch wußte Adam Högl, daß sie beträchtliche Summen wegen eines Witzes oder dergleichen erhalten hatten.

Und er hatte sich Wasser kübelweise über den Kopf schütten lassen.

In den Bauch treten lassen!

Und in acht Tagen? –

Raming rülpste, ließ den Kopf haltlos auf seine Brust herabgleiten, sank zusammen und schlief ein.

»Der ausgewundene Strumpf zieht sich in die Vorhaut zurück!« rief Högl breit, überprüfte unbemerkt die Gesichter der andern.

»Die Inspiration kommt im Schlaf!« warf der Millionär beiläufig hin.

»Weißt du, Anton,« sagte die Diva schnell und aufgeräumt, »ein Spielchen wäre jetzt richtig angebracht!«

»Ein Bakkarat? – Ja, das wär' jetzt sehr nett!« sagte der Maler Kotlehm ebenso.

»Sehr richtig! Gewiß die Damen! Gewiß die Herren! Die Dammenherren, die Herrendammen!« plapperte Högl und verbeugte sich wie ein Lakai: »Adam Högl übernimmt die Saufregie, bitte, bitte meine Herrschaften, bitte!«

Das Schnarchen Ramings sägte friedlich und gleichmäßig. Yvonne, Kotlehm und der Millionär setzten sich um das Spieltischchen, legten die Banknoten in die Mitte.

»Prost, Herr Kunstmaler, Herr Kotstengel!« rief Högl hämisch, hob das volle Sektglas und schluckte hastig den ganzen Inhalt hinunter.

Van Haarskerk gab die Karten.

Högl, der nicht spielen konnte, ging auf und ab und brümmelte leise singend vor sich hin. Von Zeit zu Zeit lugte er flüchtig auf den getürmten Haufen der Banknoten, die sich in der Tischmitte sammelten. Lässig zog man die Scheine weg oder warf neue hin.

Mattblauer Tag lag schon auf den Gesimsen. Die Gärten draußen bleichten. Stare zwitscherten leise auf. Tau stieg von der Erde hoch. Unbehaglich tappte Adam Högl auf und ab, schielte manchmal auf die Spieler, dann wieder durch die Fenster.

Lästig! Die Umstände hatten einen kaltgestellt. Alles entglitt wieder. – Jetzt verspielte Kotlehm. Er war daraufgekommen, an jenem Abend im abgedämpften Hinterraum des »Paradies-Kasinos«, daß man auch in den Bauch stoßen könnte. Adam Högl umspannte ihn unbemerkt mit seinen düsteren, hassenden Blicken.

»A–ah–ach!« stieß van Haarskerk mit boshafter Befriedigung heraus, als der Maler abermals einen Geldschein auf den Tisch warf.

»Prost!« rief Högl schadenfroh.

»Donner und Doria!« lachte der Maler etwas nervös und legte die Karte auf den Tisch. Abermals Hundert!

Adam Högl ließ eine saftige Zote vom Stapel. Yvonne lachte. Wie um sich zu wehren, nahm Kotlehm das Glas und schrie feldwebelmäßig: »He! Kuli! Einschenken!« Adam Högl schoß das Blut zu Kopf. Aber er faßte sich schnell und hob die Karaffe: »Besser zielen! – Vorbeigeschissen!« Er zitterte ein wenig, als er eingoß und schüttete daneben.

»Hehe! Du! Kuli!« schrie Kotlehm und stieß ihn in den Bauch. Erquickt schnellte der Millionär auf, nahm ihm die Karaffe. Adam Högl zog verwirrt die Schultern hoch. Van Haarskerk lachte stoßweise und schüttete den Rest über seinen geduckten Schädel. Eiskalt rann der Sekt den Rücken herunter.

Adam Högl raffte seine letzten Kräfte zusammen. Ratlosigkeit, Wut und Verzweiflung standen auf einmal da. Wie von schwirrenden Peitschen umsummt brummte der zerrüttete Kopf. –

Er drohte zu fallen, drückte noch einmal mit ganzer Gewalt den Bauch heraus und grunzte endlich wieder. Wieder bellte das Gelächter.

Der Maler Kotlehm sprang auf und fuchtelte mit den Armen herum wie ein peitschenschwingender Tierbändiger.

Das Spiel war zerrissen. Die neue Sensation hatte die Langeweile im Nu ausgelöscht. Man umtanzte, umjohlte Adam Högl, der wie ein blinder Bär herumtappte. Gutgezielte Stöße sausten in dessen Bauch. Van Haarskerk kam mit einer gefüllten Karaffe, schüttete, goß, goß.

Adam Högls Schuhe pfiffen.

»Schurken! Sadistische Hunde!« schrie Yvonne machtlos in den betäubenden Lärm. Raming hob schläfrig den Oberkörper und ließ sich wieder zurückfallen. Das wüste Gebrüll zerspaltete die verrauchten Räume. Zwischendurch gluckste wie das Röcheln eines Verendenden Högls Bauchstimme.

– Heute noch! Noch einmal! Dann war vielleicht die Rettung da. Man war geborgen. Eine Nacht Wasser über den Kopf – und keine Misere mehr. –

Die Hose platzte, als er sich bückte. Kotlehm riß das Hemd heraus. »Hoij! Hoij!« zischte es von allen Seiten. Man nahm Högl in die Mitte und stampfte durch den Wintergarten ins Freie. Schwerfällig, plumpsig bewegte sich der Troß an den ersten Gemüsebeeten vorbei. Der Millionär schob hinten, Kotlehm zog und zerrte an den Armen Högls. Yvonne kreischte unaufhörlich.

»A–ahach Mensch, laß mich doch schnaufen!« stöhnte Högl und riß seinen Mund weit auf. Dicker Schweiß rann ihm herunter.

»Hoij! Hoij!« schrie es wieder. Zog, zerrte. Adam Högl prustete, hauchte. Der Maler Kotlehm riß einen Rettich aus dem Gemüsebeet und stopfte ihn mit aller Gewalt in Högls Mund.

Die Zähne krachten. Der Schlund kämpfte gegen das Ersticken. Blau lief der Kopf an. Adam Högl stemmte sich würgend, spuckte, erhob beide Arme furchtbar, stieß in die leere Luft. Es war auf einmal frei um ihn. Wie Kettenlast fiel etwas ab. Der wachgewordene Körper straffte sich, als renne er stahlhart gegen eine Wand und stieße sie durch.

So leicht atmete es sich.

Eine große Stille stand unfaßbar weiß ringsherum. – – –

Nach langer Zeit, als er die Augen öffnete, saugte die Kälte der feuchten Erde an allen seinen Gliedern. Er lag langgestreckt in einem Gemüsebeet. Schmutz und Blut klebten auf seinen zerschundenen Wangen. Er schloß den Mund, schluckte. Die Gurgel würgte. Ein wüster Ekel stieg vom Magen auf. –

Wie eine gemeine, grüne Qualle hockte das Haus in den zertrampelten Beeten. Das zärtliche Rot des frühen Tages beleckte die Fenster, die ausdruckslos vor sich hinglotzten. Es roch nach Verwesung. –

Taumelnd sprang er auf und rannte entsetzt aus dem Garten. Schwankend wie ein Wrack trieb er über die Wiesen, der Stadt zu. Eine gräßliche Schwäche fieberte in ihm. Angstvoll schleuderte er zuletzt seine Füße nach vorne, lief, lief, was er konnte.

Erst als er die ersten Häuser erreicht hatte, hielt er inne und wischte sich aufatmend Kot und Blut aus dem Gesicht.

Ruhig und nüchtern griff die Straße aus. Arbeiter gingen vorüber und beachteten ihn kaum. Sie bewegten sich und redeten wie Menschen, die nichts anficht. Es strömte eine seltsame Festigkeit aus ihren Gebärden und Worten.

Verlassen, nutzlos, ein jämmerlicher Wicht stand Adam Högl da. Unerbittlich brach die Scham der letzten Wochen aus ihm, stieg, stieg. Bettelnd, hilflos blickte er auf alle Menschen.

Endlich gab er sich einen Ruck und ging wieder weiter. Sein Gesicht bekam langsam eine größere Ausgeglichenheit. Fester, entschlossener, mit dem erleichterten Ernst eines Menschen, der sich durch eine große Erschütterung die Ruhe wieder zurückerobert hat, schritt er fürbaß. –

Ablauf

I.

M an sagt, wenn sich die zwanziger Jahre aus einem Menschenleben winden, fangen die Reibungen an zwischen natürlichem Denken und dunklem Trieb. Es beginnt ein Aufruhr im Innern. Über die Dämme, die die Erziehung notdürftig aufgebaut hat, bricht das Blut und je nach der Festigkeit des Betroffenen folgt einer solchen Krise eine Zerrüttung, ja nicht selten ein zeitweiser gänzlicher Zusammenbruch und nur langsam, unter Weh und Qual, stellt sich das Gleichgewicht wieder ein. –

Glücklich derjenige, der von früh auf Menschen, Bücher, Winke, Erfahrungen und Anleitungen kennenlernte, die seinen Horizont erweiterten und ihm einigermaßen dazu verhalfen, solchen Erschütterungen nicht ganz wehrlos zu begegnen.

Alle aber, die von Kind auf nichts anderes kennenlernen, als daß dieser oder jener geschickte Handgriff, diese Finte oder jene schwer erlernbare Körperhaltung die Mühe der Arbeit erleichtern, haben wenig Zeit, sich gegen solche innere Überfälle zu wappnen. Es ist wahr, auch sie überwinden. Aber sie leiden mehr darunter und werden ärger mitgenommen von solchen Qualen. Der Schmerz fällt hier mit schwererer Wucht nieder auf arglose, unvorbereitete Herzen. Die Jahre verfließen verbraucht und wenig sinnvoll für solche Menschen. Sie stehen meist unvermerkt mitten im Gestrüpp plötzlich hervorbrechender Gefühle, kämpfen blindlings gegen ihre Dämonie, werden überwältigt davon und fallen schließlich in gänzliche Lethargie. –

Johann Krill fiel so in den Rachen der Welt.

Sein Vater war Zimmermann auf einem Dorfe, seine Mutter Bauernmagd. Auf einmal war dieses Kind da und man mußte notgedrungen heiraten. Man frettete sich gerade so durch gegen Taglohn. Wenn das Akkordmähen zur Erntezeit anfing, war es am besten. Zimmererarbeiten gab es wenig. Hin und wieder Baumfällen und Holzspalten im staatlichen Forst, das war ziemlich alles.

Es hieß eben: »Nicht krank sein!« und »Sich nach der Decke strekken!« – Kinder solcher Eltern, noch dazu »ledige«, haben nichts Gutes bei den Bauern. Es heißt aufstehen mit den Knechten um vier Uhr früh, zugreifen und den anderen an Flinkheit nichts nachgeben und den Mund halten. Die Knochen schmerzen am Anfang, aber das verliert sich mit der Zeit. –

Nach seiner Schulentlassung kam Johann zu einem Schlosser im nahen Marktflecken zur Lehre. Jetzt waren es Hammerstiele und Eisenstangen oder Wellblechstücke, mit denen man warf oder zuschlug. Und wehe, wenn der Vater eine Klage hörte! Sein Ochsenziemer, der stets neben dem Handtuch am Ofen hing, war furchtbar.

Nun, es kam schließlich die Gesellenprüfung und der Achtzehnjährige ging auf die Wanderschaft. Als gutgelernter, sehniger Arbeiter landete er dann nach ungefähr fünf Jahren in dieser Stadt und fand Stellung in einer Fabrik. Es war ein Riesenwerk, man verdiente gut und hatte keinen schweren Posten geschnappt.

An einem Abend – es war Sommer und Samstag – kam Johann in seinem Zimmer an, wusch sich, zog seinen Sonntagsanzug an und steckte Geld zu sich. Er bummelte erstmalig wie ein freier Mensch in aufgefrischter Stimmung durch die Straßen, besah sich das bunte Treiben, trank in verschiedenen Lokalen und als diese geschlossen wurden, trottete er, auf einmal merkwürdig überwach und unruhig, die »Fleischgasse« auf und nieder. Diese Straße hieß eigentlich »Fleuschgasse«, getauft nach dem Namen eines verdienten Ehrenbürgers der Stadt, aber seitdem die Polizei verfügt hatte, daß sich nur hier die professionellen Prostituierten auf und ab bewegen durften, hatten Volksmund und üble Nachrede den harmlosen Namen »Fleusch« in den anzüglichen »Fleisch« umgewandelt.

Johann Krill brauchte sich nicht sonderlich anzustrengen. Schon nach kurzer Zeit redete ihn eine süßliche Stimme an und besinnungslos folgte er. Zum erstenmal in seinem Leben fiel der junge Mann in eine vollkommene Verwirrung. Eine ganz fremde Luftschicht umschwelte ihn. Er wußte nicht mehr, ging oder schwebte er. Durch all seine Glieder flog und flammte es. Er sah alles doppelt, hörte jedes Geräusch wie aus weiter Ferne und wußte nicht, was es war. Wie ein Hitzklumpen fiel sein Körper auf eine schwammige

Teigmasse und ertrank darin. Es biß sich jemand fest an ihm. Es lachte.

Langsam kehrte alles wieder zurück, wurde deutlicher und war ein grünliches Zimmer, ein Gesicht, das breit auseinandergeflossen vor ihm lag.

Schließlich, als er die Besinnung wieder hatte, verzog auch er das Gesicht zu einem Lachen, wollte reden, begann zu schlottern, schmiß seinen Kopf in ihre Brust und verschluckte das Weinen.

Erquickt darüber preßte ihn das Mädchen wild an ihre Brüste, nahm seinen zerwühlten Kopf und hob ihn auf, zog ihn kosend immer wieder an ihren dicklippigen Mund und küßte ihn unausgesetzt, daß er zuletzt gänzlich machtlos mit sich geschehen ließ und auf einmal weinerlich und wimmernd anfing, sein Leben zu erzählen. Stockend kamen ihm die Worte, so, als besinne er sich immer erst, bevor er sie über die Lippen lasse. Und beruhigt, fast ein wenig staunend saß das halbnackte Mädchen da und hörte zu. Aber auf einmal stockte es wieder – und endete und wieder griffen seine Arme aus, er umspannte sie, riß und zerrte an ihr, daß sie aufkreischte.

»Nimm alles! Tu alles!« murmelte er verhalten, als sie seine Geldbörse aus der Hose zog, drängte es ihr auf, dieses Geld, und beleckte ungeschlacht ihren ganzen Leib wie ein durstiger Hirsch.

Und nicht nur das. Plötzlich klang sein Gemurmel wieder weinerlich und in einem fort stöhnte er: »Du! Du! Ich hab dich so gern! Du – du! Ich möcht dich heiraten. Ich arbeit', ich mach' alles. Du hast es gut bei mir! Du! Du!«

Anfänglich schien es, als belustige sich das Mädchen über ihn. Sie zog ihn an den Haaren und kitzelte ihn lachend. Dann aber, als seine Wildheit immer mehr anschwoll und seine Züge einen fast irren, düsteren Ausdruck annahmen, ließ sie das Spielen. In ihren schlaffen Körper stieg mit einem Male eine Wärme. Überwältigt, zuckend sank sie zurück, ihn umfangend. Sie, über die vielleicht Hunderte hinweggegangen waren, umschlang diesen plumpen, ungeschlachten Menschen und küßte ihn mit dem ganzen, hingegebenen Ernst echter Liebe ...

In der Frühe nach dieser wüsten Nacht rannte Johann in seinen Sonntagskleidern zur Fabrik, wankte wie betrunken durch das zufällig offene Tor und erschrak derart, als ihn der Portier anrief und fragte, was er denn an einem Feiertag hier wolle, daß er sich wie ein plötzlich ertappter Dieb umdrehte und wortlos davonjagte. Er lief durch die Straßen mit eingezogenem Kopf, ging wieder langsamer, setzte sich in irgendeine versteckte Nische und hielt seinen erhitzten Kopf fest. Immer wieder mündete er in die »Fleischgasse«, wagte es aber nicht, hinaufzugehen zu seiner auf so eigentümliche Weise gewonnenen Geliebten. Der Abend kam. Die Nacht fiel herab und er stellte sich an die Ecke, wo er sie getroffen hatte, wartete und wartete.

Und es geschah etwas, was niemand gedacht hätte, etwas, was ebenso unglaubwürdig wie wunderlich klingt –: Anna kam nicht. Sie stand an keiner Ecke, war überhaupt nicht auf der ganzen Straße zu sehen. Sie lag droben – so wie er sie verlassen hatte – im Bett, verstört, zerbrochen und bekam erst wieder völliges Leben, als er nach langem Kampf und mit vielen Finten zu ihr gelangt war.

Aufgefrischt schwang sie sich aus ihrer Lagerstatt, streichelte ihn zärtlich und begehrend und sagte zuletzt muttergütig: »Ja, dich möcht ich heiraten.«

Beide standen benommen voreinander, ein jedes zitterte und sagte nichts mehr. – –

Seit dieser Zeit haßte man Johann in der Fabrik. Er verhielt sich wie völlig verstummt und hatte stets ein Gesicht, als wolle er die ganze Welt umbringen. Er arbeitete für drei. Und jeden Tag verließ er fast fluchtartig nach der Arbeit die Fabrik und kam zu Anna. Als es endlich ruchbar wurde, daß er sich verheiraten wolle und man es ihm sagte, ihn beglückwünschte und leichte Anzüglichkeiten machte, wurde er rot bis hinter die Ohren und schlug verwirrt die Augen nieder.

»Ja! Ja!« schrie er dann auf wie ein brüllendes, gereiztes Tier, daß die Fragenden halb verärgert und halb verblüfft »Oho!« herausstießen und sich alle mit ihm verfeindeten.

Alle wunderten sich, daß er gar keine Anstalten zur Hochzeit traf. Er hielt bei keinem seiner Arbeitskollegen um die Brautzeugenschaft an. Finster hockte er während der Vesperzeit da und starrte dumm ins Leere. Niemand wußte, ob er um einen freien Tag zur Erledigung seiner Verehelichung gebeten hatte.

Drei Tage vor seiner Hochzeit kam er nicht mehr und wurde entlassen, weil er auch kein Entschuldigungsschreiben schickte. –

II.

Die ersten Wochen der Krillschen Ehe verliefen – wenn man so sagen darf – unterirdisch glücklich. Mit Hilfe Bekannter fand Anna schon einige Tage vor ihrer Hochzeit eine annehmbare, freundliche Dreizimmerwohnung in einem anderen Viertel. Mit den Ersparnissen Johanns wurden Möbel auf Teilzahlung beschafft und zum Schluß hatte man, weiß Gott wie, noch Geld übrig. Man sah das Paar nicht mehr in der alten Gegend. Außerdem vermied es Johann auf der Straße, Leuten, die er zu kennen glaubte, zu begegnen. Furchtsam wich er aus, machte große Bogen vor früheren Bekannten, ja, scheute sogar nicht, ihrethalben große Umwege zu machen. Zu Hause erst, in der Verborgenheit der vier Wände, kam Beruhigung über ihn. Mit zufriedenem Gefühl durchtappte er immer wieder die Räume und bestaunte seine Habschaften und am Ende stand er stets mit verschwommenen Augen vor seinem ständig adrett gekleideten, beweglichen Weib.

Vorerst dachten die beiden nicht ans Verdienen. Mit tausend Kleinigkeiten verzettelten sich die Tage. Es gab kein geregeltes Dahinleben mehr, keine bestimmte Mittagszeit, kein Weckerläuten in der frischen Frühe, keine Müdigkeit am Abend. Die Nacht war kurz, lästig kurz und oft noch um zehn Uhr vormittags verdüsterten die herabgezogenen Jalousien das dumpfige Schlafzimmer. Und man blieb liegen und liegen.

Mit der bewußten Neugier, mit der wilden, noch einmal völlig auflodernden, durstigen Liebe erfahrener Frauen, über die das zu frühe Altern schon ihre ersten Schatten geworfen, liebte Anna Johann. Jede ihrer Bewegungen, jedes Wort waren eine stumme, begehrende Aufforderung. Ihre Nähe benahm den Atem, zerrüttete die eben gefaßten Gedankengänge. Wie eine warme, unsagbar wohltuende Gischtwelle ergoß sich ihre Atmosphäre unaufhörlich über Johann.

Er war nicht mehr!

Zerschmolzen, zerronnen liefen die Zungen seiner Brunst ohne Unterlaß über das Meer ihres Körpers.

Die Zeit war weggeweht, alles schwirrte, rann, floh. –

Erst ganz langsam wieder festigte sich seine Gestalt, stückweise beinahe. Und es schien, als seien es andere Teile, die sich nun vereinigten. Ein immer klarer werdendes Begreifen keimte auf, wuchs ohne Überstürzung, vermittelte Halt und Festigkeit. Alle Scheu, alle Furcht und Unsicherheit wichen. Auf einmal war Johann Krill ein anderer. Jetzt erst kam ihm die Besinnung. Jetzt erst war er eigentlich verheiratet, hatte ein Fundament, besaß Weib und Möbel und so weiter. Er erinnerte sich genau. Es war nirgends anders. Im Dorf nicht. In der Stadt nicht. Es war immer das gleiche. Der Bauer, bei dem er zuletzt auf dem Dorfe war, hatte drei Töchter. Ringsum standen größere und kleinere Häuser.

»Dahinein gehörst du, das ist was Handfestes,« ließ er einmal beim Abendessen fallen, der Bauer, und deutete dabei auf den mächtigen Grillhof hinüber. Und die ältere Tochter sah ihn ohne Verblüffung an und sagte:»Der Grillhans braucht bloß kommen.« Zur Erntezeit ließ man die ältere Tochter daheim und an einem Abend sagte sie:»Hat schon geschnappt!« Etliche Wochen später gab es eine saftige Hochzeit.

»Ein' schöne Sach', Hans, ein schöner Hof. Der ist so einen Brokken Weib wert,« lachte der Bauer bei der Hochzeit und schaute seinem Schwiegersohn in die Augen. Und:»Ja – ja, hast mir's ja auch leicht gemacht,« brummte der Grillhans bierselig.

Dann kamen die beiden anderen Töchter an die Reihe. Bei der einen vollzog sich die Sache leicht, und bei der jüngsten, die etwas hochnäsig war, ging es schwerer.»Herrgott, Rindvieh! – um so einen Hof ziert man sich doch nicht so! Besinn dich nicht so lang', sag' ich!« brüllte der Bauer sie an und als zufällig an einem der darauffolgenden Abende der gewünschte Werber kam, sagte er zu diesem:»Bleib nur beieinander mit der Zenz. Wir legen uns nieder.«

Und Bauer und Bäuerin gingen schlafen.

»Ist's so weit?« fragte der Bauer beim Mittagessen andern Tags seine Tochter. Und diese sagte nickend:»Im Frühjahr, meint er. Er will noch den Stall bauen lassen.«

»In Gottesnamen, die paar Monat' sind gleich vergangen. Meinetwegen!« brummte der Bauer und die Sache nahm ihren gewöhnlichen Verlauf. Im Frühjahr gab es wieder eine breite Hochzeit. –

Es war also nirgends recht viel anders. Johann Krill war mit dieser Erkenntnis zufrieden. Das Neue, das Unerwartete, was ihn einmal in Brand und Aufruhr gesetzt hatte, war verloschen. Ohne Staunen stand er nunmehr auf dem Boden der Welt und achtete nichts mehr auf ihr. Kurzum, er wurde – gemütlich. Kam eine angenehme Sache, war es gut, kam sie nicht, war es auch gut. –

An einem Nachmittag, als sie beim Kaffeetrinken in der Küche saßen, sagte Anna: »Es wird Zeit, daß wir wieder um Verdienst schauen.«

Und Johann nickte stumm. Er begann wieder Stellung zu suchen.

Umsichtig und resolut wie sie war, machte sich aber auch Anna auf die Suche und an einem Tag kam sie freudig an und sagte: »Die Rienken will mich fürs Büfett. Ich kann gleich anfangen, sagt sie. S'ist ein gutes Lokal. – Was meinst du? – Unser Geld ist weg und mit einer Stellung für dich wird's noch eine Zeitlang dauern. Jetzt kannst du auch mit aller Ruhe suchen.«

Das leuchtete ein. Johann nickte wieder.

»Die Rienken? Wo ist denn das?« fragte er dann weiter.

Anna begann von einer Bar »Tip-Top« zu erzählen.

»In der Quergasse,« berichtete sie geschäftiger, »die Rienken kenn' ich schon lang. Ist eine nette Person. Es verkehren massenhaft Gäste dort, nur bessere Leute. Nicht so allerhand, von Hinz bis Kunz. Lauter Stammgäste ... Na, was sag' ich – Fabrikbesitzer, Beamte und so Leute. Wer weiß, man kann ein gutes Geld machen, braucht sich nicht abzuschinden und kann schließlich auch für dich was ausfindig machen, – wie meinst du?«

Johann Krill glotzte stumpf in ihre Augen.

»Na, so hör doch, du – Patsch, hör doch! – Und die Rienken ist eine gute Person, steht zu einem,« redete Anna weiter und rüttelte ihren Mann schmeichelhaft, begann wieder ihr siegendes Lachen und küßte ihn.

»Das ist – also wieder – das Alte,« sagte Johann endlich. Nachdenklich, schwerfällig.

»A–aber geh doch, Tolpatsch! Keine Rede davon! Wer sagt denn davon was! Ich bin doch nur hinterm Büfett – nu ja, nu ja, wenn schon einer mal zu tappen anfängt und mir ein Gläschen bezahlt, Herrgott – das ist doch kein Weltuntergang,« beruhigte ihn Anna und fuhr fort: »Sieh mal – Ware sind wir nun ein für allemal, ob so oder so – ob du in die Fabrik gehst oder ob ich – was anderes mache. Es kommt immer nur darauf an, daß wir uns die Sache möglichst leicht machen, daß wir noch was wegschnappen für unseren Komfort!«

Johann Krill hatte jetzt ein wenig klarere Augen. Es war etwas wie ein aufgegangenes Licht auf seinem Gesicht. Er nickte.

»Stimmt schon,« sagte er.

»Also sag' ich der Rienken, daß ich komme?« fragte Anna.

»Ich muß dann auch was suchen,« gab Johann statt jeder Antwort zurück.

»Ach, du bist ja verdreht! – Ja freilich, freilich, – sofort denkt er, er muß nun wieder rackern von früh bis spät und für die Familie sorgen! Ach du, du!« lachte Anna und knüllte seinen Kopf in ihre Brust.

Jeden Nachmittag um vier Uhr ging Anna nunmehr zur Bar »Tip-Top« der Sylvia Rienke. Spät in der Nacht kam sie stets nach Hause, roch nach Zigaretten und Alkohol. Manchmal war sie auch leicht betrunken, brachte allerhand zu essen und zu trinken mit, und dann saßen die beiden Eheleute nicht selten bis zum Morgengrauen in der besten Laune beisammen und ließen sich's gut gehen. –

In der letzten Zeit war Johann Krill etwas einsilbiger. Er saß meistens in Hemdsärmeln im Schlafzimmer und schien schwerfällig immer über das gleiche nachzudenken. –

Ja, alles war ausgelöscht. Langweilig und trist vertropften die Stunden. Es war ungemütlich. Wenn man den ganzen Tag in der Fabrik arbeitete, verging wenigstens die Zeit schneller.

Aber Anna zerstreute ihn immer wieder.

Wenn sie nachmittags weggegangen war, verließ auch er die Wohnung und lungerte entschlußlos in der Stadt herum oder setzte sich in irgendeine Kneipe. Und jetzt, da er sich alleingelassen sah, unterhielt er sich auch wieder mit seinesgleichen.

»Maschinenschlosser?« fragte ihn eines Tages ein älterer Arbeiter am Kneipentisch.

»Ja,« antwortete Krill.

»Eventuell auch zum Maschinisten zu gebrauchen?«

»Bei Schall und Weber war ich Maschinist.«

»Mensch, bei uns sucht man solche. Geh hin. Du kannst sofort anfangen,« erzählte der Arbeiter und überprüfte Krill.

Der nickte.

Etliche Tage nachher schlief Johann schon, als Anna heimkam. Sein Gesicht war rußig. Er schwitzte. Anna wollte ihn aufwecken, aber er drehte sich schläfrig um und schnarchte weiter. Verärgert legte sie sich ins Bett.

In der Frühe, als plötzlich der Wecker schrillte, schrak sie empor und sah erstaunt auf ihren Mann, der sich eben wusch.

»Arbeitest du denn wieder?« fragte sie.

»Ja.«

»Dumm! – Ich hätte jetzt etwas für dich. – Ein schöner Posten,«
sagte sie und richtete sich vollends auf im Bett.

Einige Augenblicke stummten sie einander an.

»Der Fabrikmensch, der immer Schwedenpunsch schmeißt, hat
mir's versprochen ... Laß doch das andere fahren, da verkommst du ja
bloß,« begann Anna wieder und wollte eben aus dem Bett springen.

»Jetzt ist's schon wie's ist!« knurrte er und ging.

III.

Es gab Ärgerlichkeiten bei Krills. Dadurch, daß nun auch Johann
seiner Arbeit nachging, vernachlässigte der Haushalt. Anna, die oft
erst gegen zwei oder drei Uhr nach Hause kam, schlief bis tief in den
Mittag hinein. Schließlich meldeten sich die Wanzen. Man putzte,
schrubbte, streute übelriechende Pulver aus. Aber es half nichts. Es
war unerträglich zuletzt.

»Das ist eine verschobene Sache, wenn du ins Geschäft gehst und
hier muß alles verkommen,« sagte Johann zu Anna.

»Für wen tu' ich's denn? –« erwiderte sie, »man braucht soviel und
die Löhne sind zum Verhungern.«

Sie kam schließlich auf alles zu sprechen. Daß man sich doch nicht
umsonst von unten herausgewunden habe, daß man doch nicht zu
den Nächstbesten gehöre und man müsse jetzt eine neue Wohnung
haben. Was der Umzug schon koste! Alles klang wie ein zaghafter
Vorwurf.

»Warten hättest du sollen. Der Herr mit dem Schwedenpunsch ist so
nett. Du könntest da gut unterkommen.«

Eine Zeitlang ging es auf solche Weise hin und her. Johann war die
ganze Rederei schon widerwärtig.

»Was du doch alles erzählst! Sind wir denn weiß der Teufel was?!«
sagte er endlich fester: »Mein Vater hat sein Leben lang gearbeitet.
Meine Mutter stand noch mit siebzig Jahren früh um vier Uhr auf
– und wir, wir bilden uns auf einmal ein, etwas Besonderes zu sein!«
Während des Redens schon bekam sein Gesicht langsam eine be-
stimmtere Haltung.

Schließlich, als aller Spruch und Widerspruch allmählich erlahmte,
einigte man sich aber doch, und Johann willigte beiläufig ein, sich in

der Fabrik des Herrn, der bei der Rienken jeden Abend Schwedenpunsch bezahle, vorzustellen.

Mit jedem Tag wurde er nun auch mißvergnügter. Es gefiel ihm
nicht mehr in seiner Fabrik. Er wurde mürrisch gegen jedermann und
kam zuletzt plötzlich nicht mehr. Nach einigen Tagen stellte er sich in
dem anderen Betrieb vor. Er wurde merkwürdig freundlich empfangen und ging besinnungslos darauf ein, Nachtschicht zu machen.

Anna behandelte ihn zärtlicher als je, wenn er frühmorgens, ankam.
Nicht lange darauf fand sie auch eine Wohnung im dritten Stock des
Rienkeschen Hauses und alles machte einen glücklichen Anlauf. Sie
brachte jetzt immer mehr mit. Pasteten, kalte Hühnerschenkel, Blumen, Zigaretten, halbe Flaschen Wein, ja zuletzt sogar Stoffe, Hals-
ketten, einen Ring.

Sie war in der fröhlichsten Laune jedesmal und erzählte von diesem
und jenem Herrn, von den guten Gästen bei Rienkes und konnte sich
nicht genug tun, den Chef Johanns zu loben.

»Und was ich dir sage – er ist ein Mensch, der das Leben kennt. Er
ist für die Arbeiter. Er läßt leben neben sich,« plauderte sie.

Und Johann lächelte hölzern und sah auf ihre Brüste, die schwam-
mig und verbraucht nach unten sich sackten.

»Ist für die Arbeiter – ?« sagte er und sah sie dumm an.

»Ist ein anständiger Mensch. Keiner von den Ausnützern, gar nicht
so eingebildet und hochnäsig – und fidel, sag ich dir, fidel, – na ich
danke, wenn der anfängt. Man kann sich schief lachen,« erwiderte
Anna und lachte auf, als erinnere sie sich an etwas sehr Drolliges.

»Und – der gibt dir – so – solche Sachen?«

Annas Mund zuckte ein wenig. Sie schlug schnell die Augen nieder
und fand das Wort nicht gleich.

»Hmhm,« brachte sie dann heraus und schluckte etwas hinunter,
setzte rasch hinzu: »Und die Rienken ist so nett zu mir.«

»So,« brummte Johann nur noch, »nu ja, es geht immer rundum.«
Dann legte er sich schlafen.

Am Abend schlüpfte er in seine Sonntagskleider und ging nicht in
die Fabrik. Er durchwanderte etliche Male die Quergasse und trat
dann in die »Tip-Top«-Bar.

Es ging bereits fidel zu. Einige Herren in modischem Anzug saßen
vorne am Büfett auf den hohen Stühlen und saugten an den Stroh-
halmen, die in schlanken gefüllten Gläsern mit glitzerndem Eis sta-

ken. In der einen Ecke spielte ein Befrackter Klavier und ein hagerer Geiger begleitete ihn. In den Nischen, die mit künstlichem Efeu zu Laubengängen hergerichtet waren, tuschelte es und hin und wieder zirpte ein schrilles Auflachen aus ihrem Dunkel. Eben wollte eine hochbusige duftende Bedienerin mit zuvorkommender Freundlichkeit auf Johann zueilen. Da auf einmal schrie es aus einer Nische: »Um Gotteswillen, Hans!« Und ein hurtiges Getrampel und Knarren wurde hörbar.

Johann wandte schnell den Kopf dahin und sah hinter einer dichten Weinflaschenparade das pralle, runde, kleinstirnige Gesicht seines Chefs, die Rienken und das totenblasse, entsetzte Gesicht seiner Frau. Die Köpfe der drei hingen auseinander wie schwere Dolden. Geradewegs ging Johann auf sie los und ließ sich in einen der gepolsterten Stühle an ihrem Tisch fallen.

Eine peinliche Stille trat ein. Jeder hielt jetzt fassungslos den Atem an. Nur Johann schien sicher zu sein.

»Ich bin nicht zur Schicht gegangen, Herr Hochvogel – ich hab' einen Höllendurst, ich könnt' ein Meer aussaufen,« sagte er ohne sichtliche Erregung und lächelte schnell. Das löste eine Entspannung aus. Man atmete wieder und nahm langsam die gewöhnliche Haltung an. Der Fabrikherr schnitt ein malitiöses Gesicht. Er suchte sich zu fassen und griff zum Weinglas.

»Heiß ist's hier,« sagte Johann wieder.

»Nicht zur Schicht? Aber Johann!?« brachte nunmehr Anna heraus. Die Rienken erhob sich und verließ den Tisch.

»Das macht doch nichts, oder? Herr Hochvogel, macht das was aus?« fragte Johann den Fabrikherrn.

»Na – wissen Sie, meinetwegen, – wir wollen einige gute Schoppen heben – ich kann's verstehen, – ich drück' gern ein Auge zu – bei Ihnen, Herr Krill. – Sie sind mir gut – sie arbeiten zuverlässig, da – da – da übersieht man auch mal einen Seitensprung, Prost!« sprudelte der Fabrikherr verlegen. Die Worte flossen schnell, fast ängstlich aus ihm, so, als wären sie wunderliche Ziegelsteine, mit denen man im Nu eine schützende Mauer um sich schließen könnte.

»Zu gütig,« lispelte Anna bereits.

Und Herr Hochvogel goß das Glas der Rienken voll und schob es behend dem Arbeiter hin: »Da, trinken Sie!«

Die ärgste Gefahr schien behoben zu sein. Man konnte es an den allmählich sich wieder aufheiternden Gesichtern sehen. Auch die Wirtin kam wieder an den Tisch und der Fabrikant bestellte in einem fort. Johann beachtete das Getue Hochvogels mit seiner Frau auch nicht weiter. Er trank in vollen Zügen und wurde immer lustiger, lachte und machte hin und wieder einen dreisten Witz. Dadurch wurde auch Anna kühner. Sie wich nicht von der Seite des Fabrikherrn und streichelte ihn ein paarmal kosend, warf belustigte Blicke zwischen den beiden Männern hin und her.

»Hab ich nicht gesagt, Hans, daß er ein netter Mensch ist?« sagte sie übermütig und lachte piepsend.

»Ein netter Me–ensch! Ein sehr netter Mensch! Ein Goldmensch!« brümmelte Johann schon etwas betrunken und summte weiter: »Verbringt das Geld so gemütlich, so – so – so –« Er wankte bereits hin und her und rülpste ungeniert in den Tisch. Gläsern standen seine Augen. Die anderen kicherten.

»Hat ihn schon mächtig,« hörte er Hochvogels Stimme.

»Na, na! Herr Krill, na –!« rief die Rienken.

Johann hob den schweren Kopf und glotzte auf das verschwommene Gemeng der drei, die im fahlen Lichtschimmer hinter den Weinflaschen sich hin und her drückten.

»Ein ne–etter Mensch, – eine richtige Qualle – e–iin dummes Vieh! – Ein geiler Orang–g–kutan, hahahaha – hat den Schwanz eingezogen, weil der Wärter gekommen ist, haha–a–a! –« Johann sank haltlos zurück;

»Das ist zu stark!« zischte Hoohvogel. Der Tisch knarrte. Die Weinflaschen klirrten gegeneinander. Die zwei Frauen lispelten besänftigend. Schnell, überschnell mengten sich ihre flehenden Worte ineinander. Ein Gezerre um den Aufgestandenen begann.

Mit herabhängenden Armen, halb eingeschlafen, zerfallen hing Johann auf dem Stuhl. »Er ist doch betrunken!« »Bitte, bitte, – er ist's doch nicht gewohnt!« »Er meint's doch nicht übel, Herr Hochvogel!« »Bitte! – Hier, trinken Sie. Er schläft ja schon! Seh'n Sie, seh'n Sie! – Es passiert nie wieder. Ich sag's ihm morgen, – mein Wort, mein Ehrenwort!« alles zerfloß ineinander, bittend, winselnd, aufgeregt, ängstlich.

Wie ein zischendes Gezirpe umsummte dieses Geplätscher Johanns Kopf. Als gieße irgend jemand kaltes Wasser über ihn.

»Haha! Hat's viellleicht gestoh–lllen und – und wirft's weg, – dadas

Gellldt, – wei–weils brennt in der Tasche, haha, – das dumme Vieh, haha – das Arschloch!« grunzte der Betrunkene lallend und lachte ruckweise, immerfort, glucksend.

Da wurde der Tisch weggestoßen und stapfend hasteten Schritte vorbei. Wieder das Gezwitscher. Noch geschäftiger. Dann fiel eine Tür krachend zu.

»Hans!« schrie Anna wütend und riß ihren Mann an der Schulter.

»Saustall!« stieß die Rienken heraus.

Krill hob den Kopf und langte lahm nach Anna: »Haha–ha – es ist so wunderschön auf der We–elt, haha-ha!«

Sein ausgreifender Arm fiel wieder herab. Er sank in die alte Haltung zurück. Dünner Speichel rann aus seinem Mundwinkel. Er schnaubte geräuschvoll wie ein Pferd, das von der Kolik geplagt wird.

Unter wüstem Gezeter und Gejammer verließ Anna mit ihm die Bar. Sie mußte ihn buchstäblich die Stiege hinaufschleppen.

IV.

Dieser unerquickliche Vorfall hatte schlimme Folgen. Am andern Tag, sehr früh, schellte es. Krill schlief wie ein Sack. Anna schreckte auf und lief halb angekleidet an die Tür. Der Ausgeher der Hochvogel-schen Fabrik brachte die Papiere und den Lohn für Johann. In einem sehr kurzen, ärgerlichen Brief stand, daß sich Krill nicht mehr sehen lassen sollte und entlassen sei.

»Ja, ja – ist schon recht!« sagte Anna verwirrt und warf die Tür zu. Ohne Johann zu wecken, kleidete sie sich an und ging in die Fabrik hinaus, um Hochvogel zu besänftigen. Auf dem ganzen Wege über-legte sie sich die besten Worte und übte sich in der Art, wie sie den Verärgerten wieder dazu bewegen wollte, daß er stillschweigend über das üble Ereignis hinwegginge. –

Aber sie wurde nicht vorgelassen. Erbittert und erniedrigt trat sie den Heimweg an.

»Da! – Das hast du gemacht mit deinen Dummheiten!« fuhr sie den inzwischen erwachten, auf dem Bettrand sitzenden Johann an und warf ihm das Schreiben Hochvogels hin. Der blickte stumpfsinnig zu ihr auf und sagte kein Wort. Dies erregte sie nur noch mehr. Sie stampfte schimpfend aus dem Schlafzimmer und rannte zur Rienken hinunter.

Die Wirtin empfing sie sehr kühl.

»Herr Hochvogel hat mich wissen lassen, daß er nicht mehr kommt. Ich kann Sie nicht mehr brauchen. – Das ist der Dank dafür, daß ich mich so um Sie angenommen habe,« schimpfte sie mit hochgehobenem Kopf. Anna versuchte auf alle mögliche Art, sie umzustimmen. Vergebens. »Und überhaupt – glauben Sie, ein solcher Mann wie Hochvogel läßt sich derartige Schmutzigkeiten ins Gesicht sagen! Passen Sie mal auf, – das hat noch ein gerichtliches Nachspiel. Und ich, was hab' ich von meiner Gutmütigkeit? – Vor die Gerichte werde ich gezerrt. Mein Lokal verliert den guten Ruf – ich hab' den Schaden und sitz' in der Patsche, – werden Sie sehen, ob's nicht so kommt? – Sagen Sie es nur ihrem ›Kerl‹ – am liebsten ist's mir, ihr zieht aus. Basta!« zeterte die Rienken immer bestimmter.

Auch Anna wurde allmählich ärgerlich und schimpfte.

»Geh'n Sie bloß aus meinem Lokal, Sie – Sie! So eine krieg' ich alle Tage!« fauchte die Wirtin wütend, rannte zur Tür und riß sie auf: »Geh'n Sie bloß aus meinem Lokal!« »Geh'n Sie!« schrie sie, daß ihr Kopf blau anlief: »Geh'n Sie! Sie – Sie Ludermensch!«

Auch in Anna platzte die angesammelte Wut nun vollends.

»Was sagen Sie da, was?! Sie Kupplerin, Sie dreckige!« schrie sie schriller noch. »Solang man sich hergibt, ist man gut, dann kann man gehen, Sie Dreckfetzen!«

»Geh'n Sie! Geh'n Sie!« pfiff die Wirtin erstickt: »Hinaus da, hinaus!«

Keifend verließ Anna das Lokal. Zitternd vor Erregung kam sie in ihrer Wohnung an. »Es ist Schluß mit allem! Ich mag nicht mehr!« stöhnte sie erschöpft und sank in einen Küchenstuhl. Unter stoßweisem Weinen und Vorwürfen erzählte sie Johann ihr Mißgeschick. Der hatte den Kopf unter dem Hahn der Wasserleitung und ließ immerfort den kalten Strahl über ihn herabrinnen. Er drehte sich nicht um. Nicht im mindesten ließ er sich stören. Annas Geduld riß völlig. Sie begann wüst zu schimpfen.

»Und du! – Du lungerst da heroben herum und läßt mich die Füße ausrennen! Ich kann mich mit den Leuten herumschlagen und die Suppe ausfressen, die du eingebrockt hast!« bellte sie ihn an. »Du! Du Lump!«

Er drehte sich endlich um. Kein Wort kam aus ihm. »So rede doch, Stock!« schrie sie, »was willst du denn jetzt machen? Ich kann nichts mehr tun! Ich bin kaputt!« Er schwieg immer noch. Da stand er, tatsächlich wie ein Stock. Sie zerbrach an seiner Gleichgültigkeit und fiel in ein heftiges Weinen. Es schüttelte sie gerade so. Johann sah ohne Niedergeschlagenheit auf ihre zusammengekauert, zuckende Gestalt nieder.

»Was ich tun will?« sagte er endlich leichthin, als sei gar nichts vorgefallen, – »der wird mich schon nicht gleich herauswerfen. Ich gehe einfach heute wieder zur Schicht und fertig. Und die Rienken – die wird schon wieder aufhören mit ihrem Geschimpfe, wenn sie müd ist.« Anna blickte auf einmal auf zu ihm. »Ist doch ein netter Kerl, dieser Hochvogel. Mit dem läßt sich doch reden,« brummte er. Der arglose Ernst, die Selbstverständlichkeit dieser Worte bezwangen. Tatsächlich wurde sie vollkommen ruhig und glaubte zuletzt wirklich, daß dies der einzig glückliche Weg sei, mit einem Schlag alles Mißliche beheben würde.

»Herrgott, ich bin ja auch so dumm! Ich laß mich von jedem ins Bockshorn jagen,« schalt sie sich selbst, wischte sich schnell die Tränen ab und stellte Kaffeewasser auf. Ganz munter wurde sie wieder.

Als sie dann wieder am Tisch saßen, begann sie über die Rienken zu schimpfen und über Hochvogel und erzählte im Laufe des Gesprächs alles mögliche von den beiden.

»Es war ganz richtig, daß du ihm mal heimgeleuchtet hast,« sagte sie, »die ganze Sippschaft glaubt immer, sie könnte Schindluder mit einem treiben! – Was hat er mir nicht alles angetragen, wenn ich mit ihm schlafen würde! Und wie hat die Rienken gekuppelt und jetzt – jetzt spielt sie sich auf, diese Sau, diese alte!«

Sie blickte immer wieder wie verlegen zu Johann herüber, wurde aber, da er vollkommen ruhig war, immer weitschweifiger und erzählte mehr und immer mehr. Sein Gleichmut quälte sie. Sie berichtete dreister, anzüglicher.

»Er hat das Geld gerade so weggeworfen. Die Bluse hat er mir aufgerissen, einmal. Er hat immer seine Hand unter meinem Rock gehabt, der Drecksack! Von den Hosen hat er einmal ein halbes Dutzend dahergebracht und wollte, daß ich's vor ihm anziehen soll – und die Rienken half mit und verschwand immer, wenn er anfing,« sagte sie und fuhr fort: »Einmal wollt' ich ihn schon heraufnehmen in der Frühe und abwarten, bis du von der Fabrik kämst.«

Johann verzog keine Miene.

»Jaja – das Loch und das Geld,« brummte er beiläufig. »Es geht immer rundum.«

Ihre Hände bewegten sich in einem fort. Nervös zerrieb sie die Brotkrumen mit den Fingern. Sie erzählte nichts mehr. Sie schwieg. Als er fortgegangen war, fiel ihr Kopf auf den Tisch und ein wüstes Schluchzen brach aus ihr. –

Johann kam ohne Hindernis durch die Fabrikpforte. Im Umkleideraum trafen ihn bereits befremdende Gesichter. Keiner sprach ihn mehr an und als er in den Maschinenraum hinuntersteigen wollte, kam der Schichtmeister rasch auf ihn zu und rief: »Sie sind doch entlassen, was wollen Sie denn noch hier?« Einige Arbeiter blieben mit verwunderten Mienen stehen. Das rüttelte ihn aus der Fassung. Er sah beklommen auf den Schichtmeister, auf die Arbeiter und hilflos im Raum herum,

»Sie sind nun einmal bestimmt entlassen, das weiß ich,« rief der Schichtmeister resoluter, »ich kann gar nicht verstehen, daß Sie der Pförtner hereingelassen hat, der hat es doch gewußt! Hat er Sie denn nicht darauf aufmerksam gemacht?«

Johann schüttelte stumm den Kopf, blieb beharrlich stehen, dumm und kindisch. Die beiden anderen Arbeiter trotteten weiter.

Der Schichtmeister holte den Portier. Zeternd redete er auf denselben ein, als er mit ihm ankam.

»Wie konnten Sie denn den Mann hereinlassen. Der Chef hat's doch ausdrücklich gesagt, daß er entlassen ist,« bellte er.

Der Portier sah verärgert auf Johann und sagte ebenfalls: »Jaja, ich hab' Sie nur nicht gesehen. Sie sind entlassen. Sie haben hier nichts mehr zu suchen.«

Johann knickte zusammen.

»Ja – ja, nu ja, dann muß ich gehn,« stotterte er endlich heraus, ging in den Ankleideraum und entfernte sich. Niedergedrückt, fast beschämt trat er durch das große Fabrikportal ins Freie. Zermürbt kam er zu Hause an.

»Ja,« sagte er tonlos zu Anna, »man hat mich rausgesetzt!«

»Da hast du es nun!« stieß diese heraus, »Trottel!« Die Vorwürfe begannen von neuem.

»Ich muß mich eben wieder um was anderes umsehn,« brummte er ärgerlich.

»Und ich?! Wenn die Rienken uns hinaussetzt, was ist dann! Glaubst du, ich hab' mir umsonst meine Füße ausgerannt, daß wir ein wenig anständiger leben konnten! Du keine Arbeit, kein Geld, ich nichts zu tun – ich danke!« belferte sie.

»Nu ja, in Gottesnamen, es wird schon wieder werden!« schloß er und legte sich zu Bett. Machtlos stand Anna vor diesem Stumpfsinn. Vor Verbitterung zitterte sie am ganzen Körper und fäustete in einem fort die Hände.

»Herrgott, es ist ja zum Davonlaufen!« schrie sie auf einmal: »Meinetwegen – ich geh!« Sie schmiß heftig die Tür zu. »Dummes Frauenzimmer!« Er stieg aus dem Bett, rief ihr nach, aber es antwortete niemand mehr.

Wegen solcher Dummheiten war man plötzlich aus der Ordnung gerissen. – Er schloß die Tür wieder.

Der Nachtschlaf war auch zum Teufel. –

Er kleidete sich schließlich an und ging sie suchen.

Ohne nachzudenken, wanderte er zur Fleischgasse und fand sie auch dort. Bereits stand ein Herr in einem hellen Regenmantel vor ihr und lispelte. Johann trat an die beiden heran und riß Anna weg: »Unsinn! Komm!«

»Ich mag nicht!« knirschte sie eigensinnig und wollte sich losmachen.

Der Herr im Regenmantel ergriff ihre Partei und begann zu brüllen. Er schwang schon den Stock und wollte auf Johann einhauen. Da kam ein Schutzmann eiligen Schrittes angeflitzt, notierte den Namen des Herrn und nahm die beiden mit auf die Wache.

Alles Gejammer Annas half nichts. Das Erklären Johanns war vergebens. Sie mußten mit.

Häßlich, wie das Mißgeschick die Menschen gemein macht! Auf dem ganzen Weg überschüttete Anna Johann mit den wüstesten Schimpfworten und schließlich riß auch diesem die Geduld.

»Halt das Maul, dummes Vieh, dummes!« fluchte er, »hilft ja doch nichts! Was läufst du denn davon, so mitten in der Nacht! Jetzt hast du es.«

»Vorwärts! Marsch-marsch!« knurrte der Schutzmann immer wieder.

V.

Der Vorfall in der Fleischgasse hatte zur Folge, daß man Johann wegen Zuhälterei in Untersuchung behielt. Ein Verfahren wurde gegen ihn eingeleitet. Anna entließ man nach ungefähr zehn Tagen. Sie wurde polizeiärztlich untersucht und erhielt die übliche Erlaubniskarte der Prostituierten wieder. Als sie zu Hause ankam, war sie nicht wenig erstaunt. Die Rienken, nun einmal rabiat geworden, hatte die Gelegenheit benützt und pfänden lassen. Während der Haftzeit nämlich war der Monatserste gekommen, der Dritte, der Fünfte und der Siebente. So waren wenigstens die ziemlich eindeutigen Briefe der Bar- und Hausbesitzerin, die im Kasten steckten, datiert. Man sah es den schiefen, gekratzt-hingeflitzten Buchstaben der Schrift förmlich an, daß Sylvia Rienke das Warten auf den Mietszins satt hatte, das Warten und diese Mieter. »Diese, wo Kerle haben, die mir meine Gäste verjagen, können bei mir ziehen,« hieß es endlich im Kündigungsbrief vom Achten. Und Recht behielt sie, die wackere Wirtin. Anna mußte ziehen. Sie verkaufte, was übriggeblieben war, und bezog ein Zimmer in der Nähe der Fleischgasse.

Die drohend gereckten Fäuste, die sie am Tage ihres Abzuges, plärrend und keifend, mit weißem Schaum vor dem Munde, der Rienken entgegenhielt, und das hämische, restlos rachsüchtige: »D a s streich ich dir noch an, Mistvettel!« waren ein Anfang für ihr weiteres Verhalten. Jetzt gab es fast jeden Tag kleinere oder größere Unannehmlichkeiten in der Bar »Tip-Top«. Anna hetzte Polizei und von ihr bestochene skandalsüchtige Gäste in das Lokal.

In der ganzen Fleischgasse war sie jetzt die Fleißigste. Mit einem Eifer, ja, mit einer geradezu fanatischen Selbstvergessenheit, wie man sie nur bei Verzweifelten oder Bohrend-Hassenden findet, verbiß sie sich ins Verdienen.

»Die?! Hm, die schleppt auf Rekord,« ließ sich nicht selten eine andere Prostituierte vernehmen, wenn die Rede auf Anna kam. Und es stimmte. –

Das Merkwürdigste aber war, daß sie nunmehr alle Hebel in Bewegung setzte, um Johann frei zu bekommen. Sie warf das Geld weg an Rechtsanwälte, verfaßte eine Eingabe um die andere, bestürmte die Instanzen, rannte von Pontius zu Pilatus, ja, sie faßte zu guter Letzt sogar dem romantischen Plan, ihn mit Hilfe einiger Männer zu befreien, die ihr das Blaue vom Himmel herunterzuholen versprachen, ihr Geld und wieder Geld abnahmen und eines Tages verschwanden.

Und Johann?

Er lag den ganzen Tag auf der Pritsche, wurde sogar dick von dem Essen, das sie ihm schickte, und war stets ruhig und trocken, wenn sie ihn besuchen durfte. Als sie ihm von dem Auszug aus dem Rienkeschen Hause erzählte, hörte er stumm zu – dann, nach einer Weile, lächelte er und sagte:»Hm! Hm, – war doch schön an dem Abend mit Hochvogel, hmhamhm!«

Er fand nichts Schlimmes daran, daß Anna manchmal klagte.

»Es ist – man müßte so was aufmachen, wie die Rienken hat,« sagte er ein andermal wie aus einem dumpfen Gedankenkreis heraus.

Und wieder einmal, als Anna jammerte, daß alles Essen so teuer wäre, ließ er so etwas fallen wie:»Nuja, die Bauern machen sich jetzt gesund. Hm, die Bauern und die, die was für'n Magen verkaufen – –«

Man sagt, der Weise überwindet und kommt zur vollkommenen Ruhe.

Es gibt Menschen, die ohne Empfindungsvermögen geboren werden. Und es sind welche, die, wenn die Schmerzen und Erschütterungen ihre Seele in zu rascher Aufeinanderfolge zermürben, zuletzt in eine völlige Stumpfheit münden. Zu diesen gehörte Johann Krill.

»Es war doch schön an dem Abend mit Hochvogel – so gemütlich!« und »So was wie die Rienken hat, müßt' man aufmachen.« Das war er! –

Mittlerweile kam der Termin zur Verhandlung gegen ihn. Anna hetzte noch mehr herum. Sie schlief nicht mehr, sie vergaß das Essen.

Im Gerichtssaal hustete sie die ganze Zeit. Unstet liefen die Pupillen ihrer Augen von einem Winkel zum anderen. Auch die Rienken war als Zeuge geladen. Dummerweise war einer von den letzten Anwälten, die Anna genommen hatte, darauf gekommen, sie zu laden. Sie trug ein schwarzes Seidenkleid, dessen schweres Spitzengewirr vom speckigen Nacken kraus herabrann über den hochgeschnürten, überquellenden Busen. Ein blutrotes Granatkollier prangte patzig auf der gelben, welken Haut ihres Halses, dessen blaue Äderung nur schlecht vom dick aufgetragenen Puder verwischt war. Ihre Froschhände waren beteuernd auf den Magen gepreßt und spielten manchmal mit dem Schildpatt-Lorgnon, das an einer breiten goldenen Kette herabhing.

»Ich bin gleich fertig mit meinen Aussagen, Herr Amtsrichter, ich hab' ein Geschäft und viel im Kopf,« begann sie, als sie aufgerufen wurde.

»Die?! – Gott sei Dank, ich hab' immer anständige Bedienerinnen gehabt,« fuhr sie fort, über Anna befragt, und warf einen seitlichen, herablassenden Blick auf diese, »aber nun, man tappt auch einmal herein. – Ich hab' es mir aber – glauben Sie es mir, Herr Amtsrichter, ich bin fünfzehn Jahre auf dem gleichen Platz und weiß, was der Ruf für ein Geschäft ausmacht – ich hab' es mir geschworen: Rienken, sagt' ich mir, Rienken – von der Fleischgasse nimmst du keine mehr, nicht um die Welt!« Sie kam immer mehr in Zug.

»Vettel!« schrie Anna schrill und wurde verwarnt. Die Rienken drehte sich schnell um und dann wieder zum Richter. »Man soll sich nicht ärgern, Herr Amtsrichter?« Und sie schnitt eine weinerliche Miene: »W i e hab' ich den Leuten geholfen und w a s hab' ich davon! – Es ist bloß gut, daß ich meinen Kopf nie verlier', es ist ja bloß gut, daß ich mich nie auf die gleiche Stufe stelle mit – mit – so was.«

Und endlich zur Sache gerufen, erzählte sie weitschweifig, daß Johann die Stellung bei diesem Fabrikherrn nicht umsonst angenommen habe. »Und Nachtschicht – e r wird schon gewußt haben, warum. Man kennt solche – Nachtschichten!« Und Herr Hochvogel? ... Sie geriet etwas in Verwirrung. Nun, der habe bald klar gesehen, ein solcher Herr ließe sich nicht so leicht ins Bockshorn jagen.

»Der muß her! Der muß Zeuge machen!« schrie Anna, und ihr Rechtsanwalt brachte es auch fertig.

Nun wurde es aber noch ungünstiger. Obwohl dem Fabrikanten die ganze Sache äußerst unangenehm war, obwohl er sich außerordentlich zurückhielt und nichts gegen Johann eigentlich vorbringen konnte, als eben jenen üblen Vorfall in der Rienkeschen Bar – es machte alles einen schlechten, sehr schlechten Eindruck – Johann Krill wurde verurteilt.

Anna bekam einen minutenlangen Schreikrampf. Sie stürzte vor und wollte auf die Rienken los. Es mußten sie Schutzleute mit Gewalt wegbringen.

Johann, der ohne Erregung den Auftritten zusah, nahm alles mit Ruhe hin. Er lächelte fast verlegen, als ihn die Richter am Schluß fragten, ob er noch etwas zu sagen wünsche.

»Dumm,« brummte er und kratzte sich hinter dem rechten Ohr, »dumm, Herr Richter, man tappt eben hinein und – und dann passiert allerhand.«

Die steinernen Amtsmienen wußten einen Augenblick lang wirklich nicht, sollten sie lachen oder einige beruhigende Worte des Mitleids aus ihren Lippen lassen.

Damit war es zu Ende. Anna konnte Johann nun nicht mehr besuchen. Die beiden waren auseinander. – In ihrer Wut schlug Anna einige Tage später die zwei großen Fensterscheiben der Rienkeschen Bar ein und konnte mit Mühe nur überwältigt werden. Das Beil wurde ihr abgenommen und der herbeigerufene Schutzmann nahm sie mit.

Und wieder gab es einen Prozeß. Wegen Bedrohung und Sachbeschädigung wurde Anna Krill zu zwei Monaten Gefängnis verurteilt.

Hier bricht der Faden ab. Es ist nichts mehr zu berichten.

Eine Million ist viel – eine Milliarde ist mehr. Johann Krill ist Legion.

Vielleicht arbeitet Johann Krill wieder irgendwo oder er trinkt, oder er hat den Halt verloren und sitzt weiter in Gefängnissen.

Anna? – Sie wird eines Tages krank sein, wieder gesunden, wieder krank werden und so fort ...

Das einzige, was bestehen bleibt, so lange wie d i e s e Gesellschaft, ist – die Rienken!

W i e l a n g e n o c h ? !

Ende

Nachwort

G rafs früheste Erzählsammlung liegt hier erstmals nach 87 Jahren
in ihrer ursprünglichen Textfassung vor. Der Zusammenhang
der Texte, den alle späteren Erzähl-Ausgaben Grafs auflösten, und die
bewusst gestaltete Abfolge sind gewahrt. Unter einem ironischen Titel versammelt der Autor acht Erzählungen, von denen einzelne schon
vorher oder gleichzeitig in Journalen standen.

Der schmale Band mit einem leuchtendroten Einband von George
Grosz kam 1922 in eben dem Jahr und auch bei dem Verlag heraus,
in dem »Frühzeit«, der erste Teil von Grafs späterem Erfolgsbuch
»Wir sind Gefangene« (1927), erschien. Graf gehört damit zu den
ganz frühen Autoren des berühmten, für die deutsche Literatur so
wichtigen Malik-Verlags von Wieland Herzfelde. Zu eben der Zeit
mutierte dieser von einem Zeitschriften- zu einem Buchverlag mit
dem Schwerpunkt internationaler, kritischer Arbeiterliteratur. Gehörte »Frühzeit« zu der mit dreizehn Bänden zwischen 1921 und
1924 erfolgreichen »Roten Roman-Serie«, so gedieh die mit der
»freundlichen Erinnerung« im Jahr 1922 begonnene Reihe »Unten
und Oben« nur auf zwei Bände; ein dritter Band, der mit Satiren von
Raoul Hausmann angekündigt war, ist nicht mehr erschienen. Der
zweite Band dieser Reihe, »Die Hütte« von dem sonst nicht nachge-
wiesenen Peter Schnur, enthält eine Art Agitprop-Prosa: schlichte
Propaganda-Erzählungen über Arbeitslose und Proletarier. Sie stehen in einem deutlichen Kontrast zu Grafs ironisch-bitterer Erzählsammlung. Blieben die meisten Werke der nach dem Naturalismus
aufblühenden Arbeiterliteratur funktional auf eine ideologische
Aufrüstung des vierten Standes ausgerichtet, so sind die Geschichten »Zur freundlichen Erinnerung« auf einen komplexeren Realis-
mus gestimmt und für einen weiteren Leserkreis bestimmt. Von
den engeren Parteigängern der Arbeiterliteratur wurde der Autor
dementsprechend auch nach dem Erfolg von »Wir sind Gefangene«

entschieden attackiert; er antwortete jedoch den Genossen ebenso entschieden mit seinem gegen die Tendenzliteratur gerichteten Selbstverständnis: Literatur hatte für ihn wesentlich die Aufgabe »das Wissen um den Menschen und das Wissen um die Hintergründe der Welt zu vermehren«.[1]

Dank der Entscheidung Wieland Herzfeldes für den noch weitgehend unbekannten Autor gehört Grafs Bändchen »Zur freundlichen Erinnerung« unter die wenigen, ihre Entstehungsepoche überdauernden Inkunabeln der deutschen Arbeiterliteratur des zwanzigsten Jahrhunderts. Ihre Verbreitung bestätigt die vom Verleger erkannte zeitlose Qualität: Einzelne Erzählungen erschienen während der zwanziger Jahren schon in allen möglichen Zeitungen und Zeitschriften. Das Bändchen – antiquarisch heute ein Rarissimum – hatte offensichtlich eine so geringe Auflage, dass den Journallesern mit den Nachdrucken Unbekanntes geboten wurde.

Wie sehr der Autor und auch seine späteren Herausgeber die Erzählungen schätzten, zeigt die wiederholte Aufnahme einzelner Texte in diverse Sammlungen. Graf selbst hat »Ohne Bleibe« und »Ein dummer Mensch« in den »Kalendergeschichten II. Geschichten aus der Stadt« (1929) wieder abdrucken gelassen. – »Michael Jürgert« erschien unter dem veränderten, für Graf typisch sprechenden Namen »Joseph Hirneis« in der Sammlung »Im Winkel des Lebens« (Büchergilde 1927); der mit Dialektausdrücken angereicherte Text wurde mit der neuen Überschrift öfter nachgedruckt. – Die »Sinnlose Begebenheit« aktualisierte Graf später gründlich durch Spannungen zwischen Nazi-Stammtischlern und der gerade dem KZ entronnenen Zentralfigur. Unter dem Titel »Angst« stand die Erzählung in der ersten Nachkriegs-Ausgabe der »Kalendergeschichten« (1957 Rudolstadt, DDR). – Auch zwei wichtige spätere Sammlungen brachten die Erzählungen mit zum Teil neuen Titeln heraus: Wulf Kirsten nahm in den Kalendergeschichten-Band »Raskolnikow auf dem Lande« (Aufbau-Verlag DDR-Berlin 1974) vier Texte aus Grafs frühester Sammlung oder deren Bearbeitungen auf: »Joseph Hierneis«, »Ein dummer Mensch«, »Ohne Bleibe«, »Angst«. – In

---

[1] Vgl. O. M. Graf, Antwort an einen und viele Genossen. In: Dietz, W. und H. F. Pfanner (Hgg.), Oskar Maria Graf. Beschreibung eines Volksschriftstellers. München 1974. S. 27f.

den postum nach Grafs Vorschlägen von Hans Dollinger zusammengestellten »Jedermanns Geschichten« (München 1988) standen ohne weitere Textveränderungen »Angst« (früher: »Sinnlose Begebenheit«), »Ohne Bleibe« unter neuem Titel »Kalt«; auch »Ablauf« war neu betitelt »Was bleibt«, und »Zwölf Jahre Zuchthaus« erschien als »Vergebliche Vergeltung«. Die anderen Geschichten wurden bisher nicht wieder neu aufgelegt.

*

Wie ordnen sich die Geschichten einander zu? Drei von den acht Opfergeschichten enden mit Selbstmord. Grafs zentrale Figuren begegnen wehrlos einer feindlichen Umwelt. Der Erzähler liefert sie – wie Johann Krill in der letzten Erzählung – ihrem »dunklen Trieb« aus. Hilflos bis zum selbstmörderischen Ende klagt ihr Schicksal die Heillosigkeit der Welt an. Selbst wenn ihnen Erbschaften materiellen Reichtum bescheren, wie in »Michael Jürgert« oder »Sinnlose Begebenheit« – sie verstehen nichts vom Umgang mit Geld, es kann diese Menschen nicht glücklich machen: Indirekt kritisiert Graf damit Hoffnungen auf eine Lösung durch finanziellen Reichtum. Seine Figuren leben zwischen ihren Traumata und der auf fehlender Selbstachtung beruhenden Erinnerungslosigkeit: Dass Peter Windel »keine Erinnerung« (S. 8) hatte, betont gleich das erste Kapitel des Einleitungstextes und grundiert damit ausdrücklich den ironischen Sammlungstitel: Der Autor erinnert ›freundlich‹ an die psychosozialen Voraussetzungen, die Prägungen von Arbeiterschicksalen.

Eine Art Aufbruch aus der allgemeinen Malaise deutet sich allenfalls gegen Ende der am stärksten autobiographischen Erzählung an: Ausgerechnet unter dem Titel »Ein dummer Mensch« wagt Adam Högl, eine Spiegelfigur des Autors, einmal den Neuanfang.

Lässt Graf seinen anderen Doppelgänger, den mörderischen Peter Nirgend aus der ebenfalls autobiographisch geprägten »Etappe«, noch hoffnungslos den ordensverzierten Militärs unterliegen, so hat er im ›dummen Menschen‹ kritisch seine eigenen selbstzerstörerisch–entwürdigenden Auftritte bei dem reichen Holländer dargestellt, die er später im ›Gefangenen‹-Buch ausführlicher beschreibt, wenn auch weniger entschieden kritisiert.

Der Schluss dieser Erzählung als der vorletzten bereitet dann auch den Ausgang des ganzen Bändchens vor: Während sonst Untergänge ungerührt erzählt werden, steht am Ende von »Ablauf« ein impliziter Aufruf zu einer Aktion gegen den deprimierend mechanischen Verlauf der Geschichten, zumindest zur Wahrnehmung von deren erschreckend großer Zahl. Die Puffmutter Rienken kann Getriebenheit und Dumpfheit der bewusstlosen Krills weidlich ausnützen, denn Anna findet sich fatalistisch ab mit ihrer traurigen Maxime: »Ware sind wir nun ein für allemal« (S.88). Dass Andere die eigene Existenz derart fatalistisch einschätzen, lässt die Rienken gewissenlos von deren Missbrauch leben: Als personifizierter Inbegriff einer menschenverachtenden Gesellschaft macht sie Gewinn durch diejenigen, die um sie herum untergehen. Aber der Erzähler gibt sich mit diesem resignativen Schluss nicht zufrieden, er beendet seine Sammlung sonst so deprimierender Bestandsaufnahmen mit einer appellartigen Frage an den Leser: Wie lange sollen solche Zustände bestehen bleiben? Der Satz ist gesperrt gedruckt und endet mit weiteren der für Graf wichtigen Signale gestischen Sprechens: einem Ausrufezeichen nach dem Fragezeichen. Damit ist die Ironie des indirekt formulierten Titels der Sammlung aufgebrochen, die Textabfolge, die in dieser Ausgabe gewahrt ist, erweist sich als Argument. Obwohl damals gerade in München die Revolution mit dem Blut vieler seiner Freunde erstickt worden war, meldet sich Hoffnung auf das Ende dieser Verhältnisse an. Graf revidiert seine während der Umsturzzeit ambivalent gelebte Haltung zu den historischen Vorgängen.

Statt das Publikum nur ›freundlich‹ zu erinnern, will er es bewegen, wie es seiner lebenslangen »Empörung gegen jeden Missbrauch der Schwächeren durch die Stärkeren« entspricht (Vgl. die Nachschrift zu »Verbrennt mich!«[2]).

Ulrich Dittmann

---

[2] Vgl. Dietz, W. und H. F. Pfanner (Hgg.), Oskar Maria Graf. Beschreibung eines Volksschriftstellers. München 1974. S.39.

Editorische Notiz

Der Erzählungsband »Zur freundlichen Erinnerung. Acht Erzählungen« erschien 1922 als Band 1 der Reihe »Unten und Oben« im Malik-Verlag, Berlin-Halensee. Unsere Ausgabe folgt in Orthographie und Interpunktion der Erstausgabe, auch auf Kosten minimaler Inkonsequenz. Offensichtliche Druckfehler wurden stillschweigend korrigiert, Eigenwilligkeiten und Sperrungen jedoch beibehalten.